TROISIÈME ÉDITION

NOUVELLES FABLES POLITIQUES DE J, DREVET

FABLES

DE

J. DREVET

ILLUSTRÉES DE PLUSIEURS GRAVURES

PRIX : 3 FRANCS

PARIS

PANIS, ÉDITEUR, 15, BOULEVARD MONTMARTRE
ET
LACROIX VERBŒCKOVEN ET Cie, ÉDITEURS
15, BOULEVARD MONTMARTRE, 15

FABLES

F. AUREAU. — IMPRIMERIE DE LAGNY

Le Porc et le Bélier, page 44

FABLES

DE

P.-G. DREVET

QUATRIÈME ÉDITION

ORNÉE DE GRAVURES

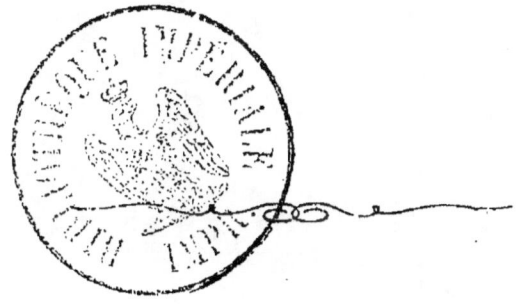

PARIS

A. PANIS, LIBRAIRE-ÉDITEUR

52, RUE LAFAYETTE, 52

—

1870

A MON AMI EUGÈNE GARCIN

Auteur des *Français du Nord et du Midi*

C'est à vous, cher ami, que je dédie ce recueil.

Depuis vingt ans mes pauvres verselets, fuyant les dédains des éditeurs, dormaient en paix au fond d'un tiroir où nul regard indiscret n'interrompait leur sommeil. Vous arrivez un jour chez moi, et les voilà réveillés.

Puisque c'est vous qui avez troublé leur repos, il est juste que vous en soyez puni, et que vous portiez, devant le public, la responsabilité de votre acte.

Je vous dédie donc ce petit livre. Puisse le suffrage que vous lui avez accordé être ratifié par d'autres.

P.-G. DREVET.

A MES FABLES

Quoi! vous saviez, pauvres petites,
Qu'il faudrait un beau jour vous risquer avec moi,
    Et voilà que, tout interdites,
Vous hésitez, palpitantes d'émoi!
    Vous n'osez quitter la retraite
    Qui vous cacha près de vingt ans,
    Dans la crainte qu'on ne vous traite
    En radoteuses du vieux temps.
Parbleu! je le sais bien, votre innocent ramage
Trouvera dans les cœurs un difficile accès.
Vous ne parlez ni *turf* ni *report;* c'est dommage.
Mais on peut, je supppose, ignorer ce langage
Et trouver cependant quelques lecteurs français.
    Courage donc, petites sottes!
Vous craignez, je le sais, d'être un jour papillotes;
Mais au front d'une belle où serait le malheur?
Songez que, d'autre part, vous risquez qu'on vous lise
Et qu'il peut arriver qu'un critique s'avise
    De vous trouver quelque valeur.
Marchez donc en avant, follettes indociles :
Lorsque le cœur est pur tous les pas sont faciles.

                                   A.

FABLES

LE PORC ET LE BÉLIER

—

Un porc nommé Noiraud, après un fort orage,
Dans les eaux d'un torrent allait un jour périr,
Lorsque Cornu, le bélier du village,
Vint par bonheur le secourir.
Il était de stricte justice
De n'être pas ingrat pour un si grand service.
Aussi, maître Noiraud, le pied droit sur son cœur,
Jura-t-il de ne point oublier son sauveur.
« Un hibou, lui dit-il, au jour de ma naissance,
M'a prédit un bel avenir ;
S'il est vrai, l'on verra par ma reconnaissance
Si du bien qu'on m'a fait j'aime à me souvenir.
Dans tous les cas, si jamais je l'oublie
Faites m'y penser, je vous prie,
Mais n'y manquez pas, s'il vous plaît.

Point de scrupule au moins ! cela me fâcherait. »
On sait que le hibou fut toujours bon prophète,
Ce qu'il avait jadis prédit à notre bête
Devint réalité ; près du lion son roi,
L'heureux porc à la Cour eut bientôt un emploi.
Sitôt que le bélier en reçoit la nouvelle,
Il loue une culotte, un jabot de dentelle,
      Des souliers neufs, des bas à jour.
      Et s'en va tout droit à la Cour,
— « Avertissez, dit-il, monsieur de Noiraudière
Qu'un de ses bons amis désire lui parler. »
Le bélier dut d'abord attendre une heure entière ;
Après quoi près du porc on le fait appeler.
— « Que désire Monsieur ? lui dit Noiraud. — Peut-être
Avez-vous aujourd'hui peine à me reconnaître ;
Je suis l'ami Cornu ; vous savez, ce bélier...
— Quel bélier ? quel Cornu ? soyez clair, je vous prie.
— Mais ce bélier, parbleu ! qui vous sauva la vie
Un jour que vous alliez près de lui vous noyer.
— Moi me noyer ! que diable est-ce que cette histoire ?
— Il paraît que Monsieur a mauvaise mémoire.
      Moi qui l'ai bonne, Dieu merci !
Je me souviens fort bien de tous ces détails-ci.
Je sais qu'alors, pour moi rempli de bienveillance,
Dans un moment d'élan et de reconnaissance,
      A Cornu votre serviteur
Vous aviez promis d'être un jour son protecteur.
— Moi ? ma foi, pour le coup, vous radotez, bonhomme.
— Que nenni ! c'est bien vous que j'ai tiré de l'eau.
Car vous que maintenant de Noiraudière on nomme,
N'étiez en ce temps-là, — pardonnez-moi le mot, —
      Que le petit cochon Noiraud. »

Ce mot lâché, tournant le dos à l'Excellence :
Le proverbe a raison, dit-il d'un air moqueur ;
Rien n'ôte la mémoire au parvenu sans cœur,
    Autant que la reconnaissance.

L'HUITRE ET LA CREVETTE

    Tout près d'une huître somnolente
    Qui se pâmait, battants ouverts,
    Une crevette pétulante
    S'escrimait à des jeux divers.
    Comme le bivalve immobile
    La laissait seule à son plaisir,
La petite écrevisse, espiègle autant qu'agile,
La convia d'aller près d'elle s'esbaudir.
    « Vous en parlez bien à votre aise,
« Dit l'autre ; mais je suis aujourd'hui trop obèse
    « Pour songer à vous disputer
« Le prix de la souplesse et de l'agilité.
« Que n'est-ce encor jadis ! alors aux jeux d'adresse
    « J'avais, certe, aussi ma valeur !
« Mais depuis ce temps-là, la pesante vieillesse
« A refroidi mon sang et calmé mon ardeur. »
La crevette, à ces mots, mise en gaîté pour quatre,
Répond : « N'espérez pas me duper sur ce point.

« Si vous ne venez pas près de moi vous ébattre,
« Les ans n'en peuvent mais; ne les accusez point.
« Votre passé, ma mie, en vain vous le surfaites;
« Vous étiez autrefois ce qu'aujourd'hui vous êtes.
« Vos défauts ne sont pas de ces infirmités
« Dont les pauvres vieillards par le temps sont dotés.
« Aussi, sur votre banc est-il bon qu'on le sache
« (Et redites-le bien aux vôtres mot pour mot),
    « Nul n'est jamais vieille ganache
    « Qu'ayant été jeune idiot. »

LA MARE ET LE RUISSEAU

—

    Près d'un ruisseau limpide et gai,
Toujours aimable, alerte, et jamais fatigué,
    Une mare, affreuse indolente,
    Logeait sa Grâce pestilente.
Tout souriait à l'un; les amants sur ses bords
Venaient se confier leur tendre inquiétude;
Le poëte y cherchait l'heureuse solitude,
Et les prés de son onde imploraient les trésors.
L'autre pour commensaux n'avait que des grenouilles,
Des canards quelquefois, des reptiles toujours;
A l'entour de ses bords quelques pauvres citrouilles;
Mais de faiseurs de vers ou gens rêvant amours,

Pas plus que sur la main. Il est vrai qu'à la ronde
On eût malaisément trouvé dans le bassin
   Une odeur plus nauséabonde
Que celle que la mare exhalait de son sein.
Ma sotte, qui n'avait grain de philosophie,
Gaspillait en soupirs la moitié de sa vie.
Un jour qu'elle jetait ses murmures au vent,
Un lézard qui par là cheminait en rêvant
Se sentit agacé par sa plainte importune
   « Eh! bon Dieu! qu'avez-vous, dit-il,
   A pester contre la fortune ?
   Si vous vivez comme en exil,
   Ne vous en prenez qu'à vous-même ;
   On récolte ainsi que l'on sème.
  Et c'est à tort que vous vous lamentez ;
   Eau qui croupit, tôt corrompue.
   Pour conserver ses qualités
   Il faut que l'onde se remue.

LE CHAT DU ROI GUILLAUME

Le roi Guillaume avait jadis un chat
Fort plaisamment nommé Lèche-à-tout-plat.
Comme il aimait ses tours pleins de souplesse
Il le comblait de soins et de tendresse ;

Et l'animal, d'un tel accueil flatté,
Le lui rendait en amabilité.
Un jour pourtant un cousin de Guillaume,
Chef, comme lui, d'un important royaume,
Et dès longtemps son meilleur allié,
Manifestant l'envie extravagante
De posséder cette bête charmante,
Lèche-à-tout-plat lui fut expédié.
   Huit jours après, le roi son premier maître,
De ses États expulsé par un traître,
Chez son cousin s'étant réfugié,
Lèche-à-tout-plat en le voyant paraître
Ne lui dit mot; il l'avait oublié!
De ce trait-là que faut-il que l'on pense?
Messieurs les rois aux flatteurs complaisants,
Le chat s'attache à qui remplit sa panse.
C'est tout à fait comme vos courtisans.

LES DEUX PAPILLONS

—

Un papillon marquis, des plus emmarquisés,
      Dont les parchemins bien en règle
      Dormaient au greffe déposés,
Se croyait; pour le moins, le descendant d'un aigle.
Et de quel aigle encor! de celui de Jupin.
Aussi quand parcourant l'empire florentin,
Messer de papillon en courtisait les belles...
Ou plutôt, pour parler moins poétiquement,

Mais plus intelligiblement,
Lorsque notre marquis, léger comme ses ailes,
Promenait sans ménagement
De fleur en fleur ses amours infidèles,
Ne manquait-il jamais de proclamer bien haut
Les secrets de son origine
Presque divine.
« Quoi! c'est pour vos aïeux des aigles qu'il vous faut? »
Lui dit, un jour, surpris d'une telle imposture,
Un des siens jusqu'au cou plongé dans la roture.
« Des aigles! diantre, ami; pourquoi pour vos aïeux
N'avez-vous aussi bien pris de suite des dieux?
Il n'en coûtait pas plus! Allez! pauvre imbécile,
Vous n'êtes, comme moi, que l'enfant d'un reptile.
La chenille en mourant vous a donné le jour;
Et vous redeviendrez chenille à votre tour.
— Allons donc! vous rêvez; jamais dans ma famille
Il ne s'est glissé de chenille,
Répondit le marquis. Il se peut que chez vous
On en compte à foison; je n'y veux contredire :
Mais aussi, grâce au ciel! est-il, mon petit sire.
Quelque différence entre nous. »
Le papillon bourgeois voyant qu'en son délire
Le marquis persistait, s'en alla sans mot dire;
J'entends sans plus répondre à l'interlocuteur.
Car, dès qu'il l'eut quitté : « Bon Dieu! quel radoteur!
Comme il en tient! dit-il. Mais à tout prendre,
Cette façon d'agir doit-elle me surprendre?
N'en est-il pas beaucoup, et des plus orgueilleux,
Qui, suivant du marquis en tous points la conduite.
S'en iraient reniant leurs aïeux au plus vite,
S'ils les connaissaient un peu mieux? »

LE DÉSORDRE

—

Connaissez-vous un personnage
Dont voici l'histoire en deux mots?
On le dit d'un ancien lignage,
Enfant du vice et du chaos.
Il se lève avec l'abondance;
Déjeune avec la volupté;
Soupe avec la médiocrité;
Puis se couche avec l'indigence.
Si quelque lecteur oublieux
A perdu le nom du bonhomme,
Je puis le mettre sous ses yeux :
C'est le Désordre qu'il se nomme.

———

LA JEUNE POULE ET L'ÉCUREUIL

—

Une poule assez jeune et novice au métier,
(Il est vrai qu'elle était encore demoiselle)
Découvrit, un beau jour, sur les bords d'un sentier
Une noix saine autant que belle.

La prendre dans son bec et l'emporter au loin,
De crainte que ses sœurs lui servissent d'escorte,
Fut fait en un instant; il n'était pas besoin
D'avoir pondu des œufs pour agir de la sorte.
Mais, cet écueil tourné, bientôt un autre cas
Plongea notre poulette en nouvel embarras.
    Ce n'est pas tout que de savoir comprendre
Qu'il faut sauver la noix qu'on s'apprête à nous prendre,
        Il faut encore avoir des dents
Pour briser la coquille et manger le dedans.
Or, pour mêler un peu de latin dans l'affaire,
Unguibus et rostro notre bête eut beau faire,
Elle perdit son temps à vouloir l'entamer,
Comme beaucoup d'auteurs le perdent à rimer.
        D'une poule d'expérience
        Elle eût, en cette circonstance,
        Pu tirer quelques bons conseils.
Mais, de même que nous, jamais en leurs pareils
Ces gens de basse-cour n'ont eu de confiance.
        Dame Poulette aima donc mieux
        Consulter, tout près de ces lieux,
Certain homme d'affaire, écureuil de naissance,
Légiste de village et qui, dans plus d'un cas,
Aurait embarrassé bon nombre d'avocats;
Rusé dont, en un mot, à cent pas à la ronde
        On admirait la finesse profonde.
Maître Écureuil d'abord s'assure de la noix.
Puis, après un discours... discours de pacotille,
    Comme au Palais on en fait... quelquefois,
        Il prend le fruit; en brise la coquille;
        Ensuite, après s'être au nez de l'oiseau
        Avec sa noix bien graissé le museau :

« Voilà comme on en use en semblables affaires,
« Dit-il ; et maintenant réglons mes honoraires.

Cet animal, dit-on, fut longtemps du barreau.
Je ne l'affirme point ; mais s'il n'était, peut-être,
      Pas tout à fait digne d'en être,
Avec son aptitude à saisir tout objet,
Il eût pu hardiment en former le projet.

LE DINDON ET LES PETITS OISEAUX

Un dindon sur sa table ayant placé du grain,
      Vit accourir tout un essaim
D'oiseaux qui près de lui sans façon s'installèrent,
      Et de bon appétit mangèrent.
Je les aurais chassés ; mais lui s'en garda bien,
Se plaisant à les voir ainsi piller son bien.
« Par ma foi, je dois être un dindon respectable
Pour que ces gourmets-là se placent à ma table,
Se dit-il, car enfin, dans leurs nombreux festins
Ils n'ont jamais daigné visiter mes voisins. »
Cette réflexion modeste autant que sage,
De son bec lui ravit probablement l'usage ;
      Car le pauvret n'engloutit pas
      Dix grains pendant tout le repas.

Mais, certe, il n'en fut pas de même en ce qui touche
L'essaim qui prit la fuite après s'être repu
   Du mieux qu'il put,
Et sans laisser de quoi régaler une mouche.
  « Ingrats! leur cria le dindon;
Eh quoi! vous me laissez ainsi dans l'abandon !
— L'ami, lui dit un coq qui venait de l'entendre,
Si ces façons d'agir ont lieu de vous surprendre,
Les oiseaux, je le vois, vous sont bien peu connus.
   C'est pour le grain qu'ils sont venus;
  Et non point pour vous rendre hommage.
Soyez donc plus modeste et vous serez plus sage.

LE LIÈVRE

Un lièvre fin matois, comme on en voit fort peu,
  Lisant, un jour, en certain lieu,
  (C'était au moins, je m'imagine
  Dans son Buffon ou dans son Pline)
Que le lion du coq craignait beaucoup les cris :
— Ah! parbleu! se dit-il, je ne suis plus surpris,
Si l'âme du lion par la peur est atteinte,
Que l'aboiement du chien me cause tant de crainte.

Ce lièvre-là, pour sûr, n'était pas bourguignon,
Bien qu'on ait recueilli son propos en Bourgogne;
Car, pour être à ce point vaniteux compagnon,
Il faut avoir rongé bien des choux en Gascogne,

LE CHIEN ET LE CHAT

—

Fox et Minet, je le dis dès l'exorde,
S'aimaient jadis comme on s'aime à la cour ;
C'est-à-dire que nuit et jour
Soufflait chez eux le vent de la discorde.
Tout leur était prétexte à se désobliger.
Bien qu'ils eussent, Dieu sait ! des panses toujours pleines,
C'étaient des cris, des coups, des scènes,
Dès que l'un d'eux trouvait le moindre os à ronger.
« Vous savez, quand je veux, si je fais du ramage,
« Me disait hier encore un ara de grand âge ;
« Eh bien ! quand mes gaillards faisaient leur bacchanal,
« Que de leurs mauvais tours ils donnaient le signal,
« Je n'étais auprès d'eux qu'un novice en tapage. »
Vous pensez si nos gens par ce vilain métier
Donnaient du scandale au quartier,
C'était au point que des bêtes paisibles,
Instruites quelque peu, crurent, en ce temps-là,
Voir apparaître en eux les fantômes terribles
De Marius et de Sylla.
Jugez par ce seul fait s'ils s'aimaient d'amour tendre !
Pourtant un jour à Fox on vint apprendre
Que sur un toit ayant fait un faux pas,
Minet gisait aux portes du trépas.
C'en fut assez pour qu'à son adversaire
Fox pardonnât, il n'était pas méchant ;
Même il alla sa visite lui faire ;
Et ce qui fut, selon moi, très-touchant,

C'est qu'étant pauvre autant qu'on le peut être,
Pour lui donner quelque bien-être,
Il employa son dernier sou
A l'achat d'un morceau de moû.
C'était bien peu ; mais lorsqu'on donne
Et que l'intention est bonne,
Le moindre objet acquiert de la valeur.
Minet, charmé que Fox instruit de son malheur
A ses griefs eût imposé silence,
Quand il pouvait sans le moindre danger
Mettre à profit la circonstance,
Voulut à son tour l'obliger.
« Prenez cet os, dit-il, dont notre cuisinière
M'a fait présent à l'insu du docteur.
— Gardez-le, vous avez besoin de vous refaire ;
Aux malades toujours convient quelque douceur,
— Non ; je suis à la diète. — Alors, ne vous déplaise,
Vous serez de l'avoir dans quelques jours bien aise.
— Je goûterai le mou que m'avez apporté ;
Ainsi point de façons, mangez ce que je donne,
Avant de me quitter. — Que je vous abandonne !
Je ne sors pas d'ici que je n'aie assisté
Au retour de votre santé. »
La pauvre bête tint parole ;
Et par ses heureux soins fit tant,
Qu'avant un mois Minet redevint bien portant.
Depuis lors amendés dans leur conduite folle,
Tous deux de l'amitié devinrent le symbole,
Et vécurent toujours heureux,
Sans qu'en leur ciel, autrefois orageux,
On vît depuis un nuage apparaître.
Que de gens ennemis entre eux
Gagneraient à se mieux connaître.

LE MOUTON ET LE BUISSON

Pendant que Jean Mouton broutait dans la prairie,
    Survint un loup. Il fallut se cacher
    Ou consentir à se voir accrocher
        Au croc de la bête en furie.
Quand de cette manière un problème est posé,
        Le résoudre est toujours aisé.
Aussi notre ami Jean, coureur assez agile,
S'en alla-t-il bien vite, et sans le trompetter,
Dans un buisson touffu se chercher un asile,
Près duquel le larron passa sans s'arrêter.
Dès que le loup fut loin, Jean quitta sa retraite ;
        Mais Dieu sait comme il en sortit !
        Les buissons ne font pas crédit.
Il fallut qu'à l'instant Jean payât sa cachette
        De la moitié de sa toison,
Et que, tout stupéfait, il gagnât la maison.
Buissons ! buissons ! toujours avides d'honoraires,
Combien de temps encor de vos frais usuraires
Rendrez-vous, dites-moi, les moutons tributaires ?
Sans les tondre aux trois quarts, jamais ne saurez-vous
        Les protéger contre les loups ?

L'HIPPOPOTAME ET LE RENARD

—

L'un de ces gros lourdauds en bêtise titrés
Qui s'en vont pesamment, dans la graisse empêtrés,
Traîner cahin-caha leur Altesse endormie,
L'un des natifs enfin de l'Hippopotamie,
Un jour, dans un voyage en incidents fécond,
Arriva sur les bords d'un gouffre très-profond.
Il s'agissait pour lui de franchir cet obstacle
Sans le secours d'aucun miracle ;
Et c'eût été, je crois, un prodige vraiment,
S'il avait pu passer sur une planche étroite,
Qui de la rive gauche à la rive de droite
Permettait de franchir cet abîme alarmant.
Comme mon gros obtus, ne sachànt trop que faire,
Le mufle au vent, ruminait son affaire,
Arrive un renard très-pressé
Qui de la patte le salue,
Puis sur la planche vermoulue
S'élance et le voilà passé.
Diable ! se dit alors notre épais personnage,
Ceci me remémore un fait de mon jeune âge ;
Il me souvient qu'étant avec d'autres enfants
Au collége des éléphants
Où j'apprenais en belle prose
A décliner *rosa* la rose,
On m'enseigna que le renard
Est un si fin matois, un si prudent gaillard

Qu'on peut aveuglément suivre partout ses traces.
A quoi me servirait d'avoir fini mes classes
Si je n'en savais pas appliquer les leçons ?
Puisque maître Renard sans les moindres façons
    Vient de franchir ce passage critique,
      Je puis, selon la rhétorique,
M'en tirer comme lui sans me faire engloutir.
      Mais il eut à se repentir
D'avoir mal appliqué ses leçons du jeune âge.
Car à peine eut-il fait sur le pont un seul pas,
      Que tout s'écroule et, patatras !
Le voilà qui du gouffre entreprend le voyage.

LES LUNETTES

—

Le Seigneur Jupiter en créant les humains
      Leur mit deux lunettes en mains :
« Gardez-vous, leur dit-il, de perdre l'une ou l'autre !
Celle-ci vous fait voir le défaut des voisins ;
      Celle-là vous montre le vôtre.
      Vous pouvez ainsi sans danger
      Facilement vous diriger.
Adieu ! de ce présent faites un bon usage ;
Et que chacun de vous, mes enfants, soit bien sage. »

Là-dessus prenant congé d'eux,
  Il s'en retourne dans les cieux.
A quelques mois de là, visitant son domaine,
Le bon Jupin voulut revoir l'espèce humaine.
« Qu'est ceci? dit le dieu; chacun n'a devant lui
  Que la lunette pour autrui !
Parlez; qu'avez-vous fait de l'autre pour vous-même ?
Cet objet, je le gage, est aujourd'hui perdu. »
— Pardonnez ! votre erreur là-dessus est extrême,
Fut-il à Jupiter aussitôt répondu.
L'instrument qui nous vaut un injuste reproche,
  Nous l'avons tous... dans notre poche.

LE DÉSARMEMENT DES ANIMAUX

—

« Eh quoi! le faible au fort sert toujours de pâture!
» Quoi ! le monde en deux camps est toujours partagé !
» Est-ce donc ici-bas une loi de nature
» Qu'il faille être mangeant pour n'être pas mangé?»
Ainsi parlait un bœuf, qui, dans un pâturage
  Se promenant,
A deux pas d'un cheval comme lui doux et sage,
  Philosophait en ruminant.
Lors le cheval pensif secouant sa crinière :
« Vous parla-t-on jamais de l'abbé de Saint-Pierre?

Demanda-t-il. — Jamais. — Sachez do nc, en deux mots
Que cet abbé voulait le bien des animaux.

Si, possédant quelque étincelle
Du feu divin dont il brûla;

Vous voulez établir la paix universelle,
Je suis votre homme; touchez là. »

Accords pris, on se mit incontinent à l'œuvre.
Pierre (1) auprès des Croisés, gens à l'esprit épais,
N'employa nulle part plus habile manœuvre
Pour ses combats sacrés qu'eux pour leur sainte paix.
Après bien des discours, malgré bien des intrigues,
Un succès éclatant couronna leurs fatigues.
Les animaux divers, touchés du bien commun,
Devaient tous désarmer, sans en excepter un.
On prit jour et ce fut devant le dromadaire
Qu'on promit d'arranger cette importante affaire.
La souris, la première exacte au rendez-vous,
De l'accord proposé loua fort le mérite.
« Mais, dit-elle, peut-on se fier aux matous ?
Quand j'aurai désarmé, cette engeance hypocrite
Viendra, soyez-en sûrs, me croquer au plus vite.
Je ne saurais donc pas — au moins pour le moment —
Me prêter au désarmement. »
A la souris succède un loup de belle taille :
« Quoi! dit-il, tous les chiens m'en veulent à ce point,
Qu'ils se mettent à six pour me livrer bataille,
Et j'irais désarmer, comme un grand sot ! non point.
Puisqu'aux hostilités toujours ils me devancent,
Pour l'œuvre de la paix j'attendrai qu'ils commencent.

(1) Pierre l'Ermite.

Le loup parti, ce fut le tour d'un coq gaulois :
« Ah ! ah ! vous voulez donc, dit-il d'un air narquois,
Qn'à vos renards madrés le coq et la poulette
    Donnent le baiser Lamourette !
Eh ! si vous connaissiez ces triples scélérats,
Vous verriez si l'on peut sur la foi des contrats
Avec de tels gaillards s'endormir sans alarmes.
Et je désarmerais tant qu'ils auront des armes !
    Non, morbleu ! je n'en ferai rien,
    Adieu, bonjour, portez-vous bien. »
Après le coq ce fut encore une autre histoire.
    Chaque bête ayant — à l'en croire —
Pour ne pas désarmer, un motif important,
Toutes à tour de rôle en vinrent dire autant :
Comme il ne s'est depuis tenu d'autre assemblée,
Cette belle entreprise est restée isolée.

LE DOGUE ET LES DEUX SOURIS

—

Un dogue parvenu, hargneux et mal appris,
Qui possédait plus d'os que de cœur en partage
    Fit rencontre de deux souris
Plus maigres qu'un rentier en temps d'agiotage :
    « Ah ! par mes maux laissez-vous attendrir,
Lui dit l'une des deux ; jetez-moi quelque offrande.

2.

— Je n'aime pas à secourir
Le mendiant qui me demande,
Répondit le mâtin : qu'on me laisse en repos ! »
La seconde souris entendant ce propos,
Lui dit : « Mon bon seigneur, croyez que de ma vie
Je n'ai de mendier eu seulement l'envie.
— Eh bien, lui riposta le chien,
Ma joie en est d'autant plus grande,
Que je n'offre jamais rien
A qui rien ne me demande. »
Il existe, dit-on, beaucoup d'honnêtes gens
Qui de cette manière aident les indigents.

LA MOUCHE ET SES ENFANTS

—

Une mouche rompue aux luttes de la vie,
Car elle avait au sort livré bien des combats,
Et son expérience aurait pu faire envie
A plus d'un sage d'ici-bas,
Un jour à ses enfants, de façon doctorale,
Donnait des leçons de morale.
« Moucherons ! moucherons ! soyez moins imprudents
Vous voltigez, dit-elle, à l'entour des assiettes
Pour vous disputer quelques miettes,
Sans prendre garde aux accidents.

A l'époque où j'avais votre âge,
Au milieu d'un brûlant potage
Un matin j'ai failli périr.
Et Dieu sait ce jour-là ce que j'ai dû souffrir!
Afin de ne me plus chagriner davantage,
Petits, petits qui m'écoutez,
Promettez-moi chacun de devenir plus sage.
N'est-ce pas, vous le promettez?
— Oui, oui! s'écria la marmaille. »
A peine achevaient-ils, qu'apercevant un bol
Et de lait chaud se promettant ripaille,
L'un des plus âgés prend son vol,
Arrive sur les bords, perd la tête, se noie,
Et trouve la douleur quand il cherchait la joie.
Bien des gens volontiers pensent que l'on s'instruit
Des malheurs de chacun; ce n'est pas ma croyance;
Car, à mes yeux, l'expérience
Vient de nous bien plus que d'autrui.

PROMÉTHÉE

—

Quand Prométhée eut formé le dessein
De créer l'homme, il mit dans un bassin
Un peu de poussière et de fange,
Qu'il pétrit, repétrit, façonna de son mieux;

Puis dérobant une étincelle aux cieux,
Il anima ce singulier mélange.
Depuis ce temps l'homme a fait son chemin.
Seulement, un fait nous étonne ;
C'est que dans la fortune échue au genre humain,
La mauvaise toujours l'emporte sur la bonne.
Partout, chez les manants, les nobles et les rois,
On rit une semaine et l'on pleure des mois.
D'un destin si fâcheux voici tout le mystère :
Quand le demi-dieu nous créa,
C'est dans ses pleurs qu'il délaya
La fange dont il fit notre premier grand père.

LES DEUX CHEVAUX

Deux chevaux que la fortune,
Pourvut de destins divers,
Dans une enceinte commune
Déjeunaient de trèfles verts.
Grâce aux bontés de son maître,
L'un en toute liberté
Pouvait flâner, boire et paître
En hiver comme en été.
L'autre à la crèche, au contraire,
Toujours de près attaché,

Du logis ne sortait guère
Que pour se rendre au marché.
Ce jour-là de l'écurie
Certain valet inexpert
Ayant, par son incurie,
Laissé le portail ouvert,
Notre pauvre cénobite
Brisant ses liens d'un coup,
Avait détalé du gîte
Criant : « A bas le licou ! »
Puis lâchant bride à sa quinte
Comme un écolier mutin,
Il avait franchi l'enceinte
Où s'ébattait son voisin.
Là, pendant qu'au camarade
Le fugitif, en deux mots
Racontait son escapade,
On vit au fond de l'enclos
Apparaître les visages
Des maîtres de nos amis :
« Çà, vite pliez bagages,
Et que l'on rentre au logis!
Aussitôt sans résistance
Le coursier libre obéit ;
Mais ce fut une autre danse
Quand de l'esclave il s'agit.
« Moi, rentrer ! nenni, mon maître.
Je suis à merveille ainsi.
En liberté je veux paître ;
Bonsoir donc ; je reste ici. »
Le tyran, sans lui répondre,
Alla quérir ses valets

Que, fourche en mains, l'on vit fondre
Sur lui, le serrant de près.
Mais contre la valetaille
Il se rebiffa si fort,
Qu'il put, après la bataille,
Rester maître de son sort.

Que les despotes le sachent !
La liberté qu'ils nous cachent
N'en acquiert que plus d'attraits.
Libre on obéit sans peine;
Esclave, on brise sa chaîne,
Et ses débris on les traîne
Bientôt d'excès en excès.

APOLLON ET L'INTRUS

—

Un matin qu'Apollon pour monter au Parnasse
    Sur Pégase avait pris sa place,
    En croupe un intrus se glissa;
Se fit petit, léger, plus humble qu'un cloporte.
Mais lorsqu'il fut au mont parvenu de la sorte
    Notre gaillard se redressa :
« Ah ! ah ! seigneur Phébus, je suis de la famille ;
Me voici comme vous au sommet arrivé. »
Jupiter à ces mots aurait sanglé le drille,
De façon que jamais il n'eût récidivé.

Apollon, moins méchant, ne prit pas d'autre peine
Que l'expulser de son domaine.
L'autre alla se cacher parmi des traducteurs.
Qui se croyaient de grands auteurs.

Le Rat, page 39.

LE RAT

Au bien de la chose commune,
Un rat de cœur et plein de dévoûment,
Avait sans murmurer immolé sa fortune ;
Qui pis est, ruiné tout son tempérament,
Essuyé maint péril, couru mainte aventure,
Et du brave, au combat, attrapé la blessure.
Aux temps où Rodilard bloquait Ratopolis,
Il joua plus d'un tour à Raminagrobis.
Était-il quelque emploi dangereux, difficile,
         A coup d'œil prompt, à patte habile,
Capitaine prudent, soldat plein de valeur,
C'était toujours à lui qu'en revenait l'honneur.
      Tant que l'on eut besoin de ses services,
      On lui sut gré de tous ses sacrifices ;
      On le fêta, le vanta, le choya ;
      A son vrai prix chacun l'apprécia ;
      Tout alla bien. Mais lorsque, après la guerre,
         Il reprit sa vie ordinaire,
      Pauvre, souffrant et par l'âge affaibli,
         Son étoile eut bientôt pâli.
Trop vieux pour subsister du travail de ses pattes,
Et trop fier pour les tendre au détour d'un chemin,
Il attendit la mort aux pieds de ses pénates
Où la faim consuma ce rat vraiment romain.
Pour ses concitoyens encourir la misère,
Sublime sentiment ! mais qui nourrit fort peu.
La patrie est ingrate, hélas ! en plus d'un lieu.

Beaucoup d'autres héros que mon rat-Bélisaire
    En ont fait l'épreuve et l'aveu.
L'un d'eux même est l'auteur de ce précepte à suivre :
« Aime et sers ton pays, mais garde de quoi vivre. »

LE SINGE PEINTRE

—

Maître Bertrand, un jour, ayant fait un portrait,
Voulut que librement l'âne en fit la censure.
Le pauvre Aliboron ne vit dans la peinture
    Rien qui ne fût sur tous les points parfait.
Le cheval, consulté, trouva, tout au contraire,
      Que l'ouvrage était à refaire.
      Quelque auteur, sans doute, à ce mot,
      Se serait échauffé la bile.
Loin de là, notre singe essuya cet assaut
    Le mieux du monde, et refit aussitôt
      Un tableau d'un bien autre style.
      La critique d'un homme habile
      Vaut mieux que l'éloge d'un sot.

L'ÉCUREUIL

Compère Alerte, écureuil d'origine,
    Venait d'établir sa cuisine
    Dans l'un de ces engins tournants
Qui sont presque toujours à leur cage attenants.
Là notre écervelé qui jamais de sa vie
    N'avait fait un œuvre suivie,
Tout à coup pour l'étude épris d'un bel amour,
Se mit à ruminer science tout le jour.
Un matin qu'il rêvait accroupi dans sa cage :
« Voyons, dit-il; d'après le dernier mesurage,
La terre a tant de pas, ma demeure en a tant;
En faisant tant de tours, si j'en ajoute autant,
Je pourrai dans une heure achever le voyage
Pour lequel le soleil reste bien davantage. »
Tout fort qu'il se croyait, il ne se doutait pas
    Que l'astre ménage ses pas,
Depuis que Josué l'arrêta dans sa course.
Bref, après avoir mis quelques noix dans sa bourse,
    On pense assez dans quel dessein,
    Dans l'espace il se lance enfin.
    Quatre ou cinq mille fois à peine
Il avait fait le tour depuis qu'il s'escrimait,
Que déjà mon savant s'arrêtait hors d'haleine
    Suait, soufflait, s'arrêtait, reprenait;
    Lorsque madame Belette,
    Qui venait de faire emplette

De son repas pour le soir,
En passant vint à la voir.
« Que faites-vous là, compère,
Dans votre nouveau logis?
— Ah! laissez-moi, ménagère,
Mes instants ont trop de prix.
Une minute encor, peut-être une seconde,
Et j'achève le tour du monde!
Que j'en ai vu des gens ainsi se trémousser,
Qui toujours remuants ne font œuvre qui vaille!
A tourner et tourner, que sert-il qu'on travaille
Si ce n'est pas pour avancer?

LE SERPENT ET LES LAPINS

—

Avant que le serpent détesté de chacun
Ne fût réduit à vivre solitaire,
Certain d'entre eux habitait en commun
Avec quelques lapins enfouis sous la terre
Auxquels le fourbe avait su plaire.
On vécut ainsi tout d'abord,
Au sein d'un fraternel accord;
Couchant au même lit, mangeant à même table
Et ouissant enfin d'un bonheur véritable;
Chose dont Monsieur le serpent
N'était pas tout à fait content;

Car il n'aimait à faire sa cuisine
     Qu'au feu de la guerre intestine.
Aussi fit-il bientôt jouer tant de ressorts,
     Siffla-t-il tant de faux rapports,
Que le peuple lapin autrefois si tranquille,
     Grâce à ce perfide reptile,
Vit régner le discord dans la garenne en deuil.
On ne s'abordait plus que la menace à l'œil,
     La griffe en l'air et la dent prête à mordre.
          En un mot, c'était un désordre
          A dérouter les plus retors.
Mais, après quelques jours de querelle acharnée,
Les deux partis lapins reconnaissant leurs torts,
Aux souterrains pays la paix est ramenée.
     Chacun alors en regrets se confond;
     On s'interroge, on s'étonne, on s'explique;
          Et de ce conflit diabolique
          Chacun veut connaître le fond.
     On trouve ainsi l'auteur de la discorde;
L'enquête ayant rendu ses méfaits évidents,
     On le condamne; et sans miséricorde
          Ou l'expédie à coups de dents.

     Que ne peut-on de leurs mérites
Récompenser toujours ainsi les hypocrites !

LE PIGEON ET LE ROSIER

La nature aux rosiers aussi bien qu'à l'abeille
  Fit présent d'une arme pareille ;
  Sorte de dard ou d'aiguillon,
  Pour se venger de tout brouillon,
  Perturbateur, chercheur de noise.
  C'est une armé assez peu courtoise,
  Fort pointue et piquant au mieux.
L'abeille et le rosier ne sont pas belliqueux ;
  Mais malheur à qui les offense !
  Certain pigeon en fit un jour
  A ses dépens l'expérience.
Comme il faisait sur nouveaux frais la cour
A Pigeonnette, ancienne connaissance,
Il crut devoir restaurer leur amour
En offrant à la belle une rose pour gage.
  C'était galant ; — tous les oiseaux le sont. —
Le nôtre s'en va droit au milieu d'un buisson
  Où se trouvaient des roses de tout âge.
Le sire à la plus belle aussitôt s'attaqua ;
  Comme autrefois le fils de Rebecca,
  Qui n'eut, certes, pas la folie
D'aller, de son plein gré, choisir la moins jolie
Des filles de Laban. Les gens sont ainsi faits,
  Qu'aucun ne résiste aux attraits.
Le pigeon donc à la plus belle rose
  Voulut donner, la frappant sec,
  Dès l'abord force coups de bec.

Mais ce fut pour lui porte close.
Loin de céder, la fleur se gendarma ;
De tous ses aiguillons s'arma :
Et piqua jusqu'au sang l'amant de Pigeonnette,
Qui dut bientôt laisser la place nette ;
Non sans jurer après tous les rosiers :
« Bien fin, dit-il, qui m'y prendra d'une autre !
Messieurs les épineux, porte-rose, églantiers,
Je vous salue et ne suis pas le vôtre. »
L'arbuste entendant ce propos :
« Qui des deux, répond-il, est l'auteur de vos maux ?
Que faisiez-vous de moi l'objet de vos rapines ?
Quiconque a bien voulu me laisser en repos,
N'a jamais senti mes épines.

LES SINGES ET LE DROMADAIRE

—

Des singes réunis en bande diabolique
Parcouraient autrefois le centre de l'Afrique
Et sans vergogne appauvrissaient
Tous les pays qu'ils traversaient.
Un jour qu'ils étaient sur les terres
De respectables dromadaires
Ces nomades pillards furent très-mal reçus
Par le roi commandant nos paisibles bossus.

3.

« Qui donc, dit-il, m'a bâti cette engeance ?
Vit-on jamais de pareils sacripants ?
Allons, qu'on déguerpisse; ou, sans nulle indulgence,
Le premier que j'attrape aussitôt je le pends.
— Nous pendre ! quelle horreur ! nous des gens politiques ?
Nous au parti régnant toujours très-sympathiques !
    Car nous savons acclamer tour à tour
    Le Parlement aussi bien que la Cour. »
— Eh ! que m'importe à moi ! riposta le bon prince.
    Que votre avis soit blanc ou noir !
Vous allez au plus tôt sortir de ce manoir.
Si pourtant vous voulez rester dans ma province,
    Libre à vous ; mais dans ce cas-là,
    Soyez ceci, soyez cela,
    Soyez tout ce qu'il vous plaira.
Pourvu que vous fassiez qu'on dise que vous êtes
    Du grand parti des gens honnêtes.

LE CHIEN ET LE MOUTON

—

« Robin, mon bon Robin, crois-moi, quitte ce lieu,
Ou bien la mort viendra t'y surprendre sous peu.
Il n'est, depuis deux ans, de jour que je ne crie
A ces pauvres moutons : Fuyez cette écurie !
Et cependant pas un n'écoutant mon conseil,
Pas un n'en est sorti pour revoir le soleil.

Toi donc, mon bon Robin, sois aujourd'hui plus sage ;
D'un ami véritable écoute le langage. »
Ainsi parlait Hylax, aux gages d'un boucher,
Au pauvre Jean Robin, car il savait d'avance
      Qu'on allait bientôt l'embrocher.
Mais il en fut, hélas ! pour ses frais d'éloquence.
Robin ne le crut pas. — « On n'osera, dit-il,
      Jamais me mettre sur le gril.
Que des autres moutons on fasse une hécatombe,
Rien de plus naturel ; je le comprends très-bien.
Mais que moi, Jean Robin, à mon tour je succombe,
      Je n'en crois rien. »
      Et pourtant, il achève à peine,
Que déjà dans l'étable arrive le boucher
Qui saisit mon Robin, le détache, l'emmène,
Et droit à l'abattoir le force de marcher.
— Parbleu ! me dira-t-on ; bien folle était la bête
      De se mettre ainsi dans la tête
      Qu'elle échapperait à la mort,
Quand tout l'avertissait de son funeste sort.
— Eh ! mon Dieu ! d'un Robin novice en mainte chose,
      Qui n'apprit jamais à penser,
Cette faute s'excuse aisément, je suppose,
      Et ne doit pas nous courroucer.
      Daignez donc être moins sévère
      Pour ces infortunés moutons ;
      Et réservez votre colère
      Pour nous tous qui les imitons.

LES CERISES BECQUETÉES.

—

Après l'un des repas comme savent en faire
    Tout chanoine et tout grand-vicaire,
Certain moineau voulut, pour clore son dîner,
    D'un peu de fruit l'assaisonner.
(Le fruit pris de la sorte — au dire d'Hippocrate —
    Fait des moineaux épanouir la rate).
Le choix ne fut pas long; notre maître-goulu
Sur un beau cerisier jeta son dévolu.
    Là s'attaquant aux meilleures cerises,
    Il les béquette à diverses reprises ;
    Torche son bec, termine son menu,
    Et puis s'en va comme il était venu.
      En se voyant ainsi traitées
      Toutes les pauvres béquetées
Poussèrent de hauts cris, gémirent sur leur sort :
    Qu'allait-on penser dans le monde?
Chacune à cet affront eût préféré la mort;
    Tant leur tristesse était profonde !
Le cerisier touché de ces douleurs :
    « Mes filles, arrêtez vos pleurs.
    Loin de rougir d'être ainsi balafrées,
Il en faut, dit-il, être au contraire honorées.
L'oiseau, sachez-le bien, s'attaque au meilleur fruit.
    Je ne sais si dans la nature
    Cette loi partout se produit;
Mais chez l'homme, soumis à la même aventure,
Ce sont surtout les bons que le malheur poursuit.

L'ANE ET LE SANGLIER

—

Un jour messire Aliboron
(D'Asinus ce jour-là c'était, je crois, la fête)
Ayant en son honneur brouté trop de chardon,
    Avait assez mauvaise tête.
C'est pourtant d'habitude une excellente bête.
    Comme il retournait au logis,
    Il aperçut dans un taillis
Sanglier l'irascible. En son humeur joyeuse,
Bien loin d'en éviter la rencontre fàcheuse,
Voilà maître baudet le daubant de son mieux.
Le citoyen des bois est d'abord furieux
    Contre le sot qui lui cherche chicane.
    Mais, calmant bientôt son transport :
« Ce que sur moi, dit-il, peut débiter un âne
    « Ne me fera jamais grand tort. »

———

LE JEUNE BROCHET

—

Le malheur n'instruit pas une tête légère.
Un jour dans des filets un brochet jeune encor
    Mais déjà fort,
Se prend, et le pauvret gémit, se désespère.

Mais enfin, après maint effort
Qu'une peur effroyable active,
Il rompt quelques fils et s'esquive.
« Eh bien ! je ne me doutais pas
D'avoir été, dit-il, aussi près du trépas.
Quels rusés fourbes que ces hommes !
Ils pensaient nous tenir ; ils verront qui nous sommes.
Mais que vois-je là-bas flottant près d'un vaisseau ?
Ma foi, c'est un friand morceau
Que le ciel m'adresse, je pense.
Si j'étais le bon Dieu, j'en ferais tout autant.
N'est-il pas juste qu'il compense
La frayeur qu'on me vient de causer à l'instant ? »
Cela dit, il s'en va tout droit vers le navire.
Et, sans examiner l'appât, ni l'hameçon,
Il vous les happe en goulu sans façon,
Pour cette fois le pauvre sire
N'esquiva plus la poële à frire.
Supposez à sa place un jeune homme étourneau
Sorti des filets d'une belle.
A l'entendre, jamais il n'ira de nouveau
Donner dans semblable panneau.
Mais qu'à ses yeux d'une coquette
Brille l'amorce toujours prête,
Et je fais le pari que le pauvre garçon,
Malgré tous ses serments, gobera l'hameçon.

LES SEAUX

—

Les seaux des puits ont l'humeur courtisane,
　　Disait jadis Aristophane.
　　Dès qu'un d'eux vient à se lancer,
C'est pour s'emplir qu'on le voit se baisser.

LES DEUX MOUCHERONS

—

　Deux moucherons au début de la vie
Voltigeaient, folàtraient au sein d'une prairie,
　　Lorsque l'un d'eux avisa par hasard
　　Entre deux fleurs, fixée à leur pétale,
　　Certaine toile aux moucherons fatale :
« O le charmant objet ! vrai chef-d'œuvre de l'art !
　　S'écria-t-il ; quelle délicatesse!
Ce tissu-là doit être unique en son espèce.
Ma foi, je veux de près admirer en détail
　　　Cet inimitable travail.
　　　Venez-vous avec moi, mon frère ?
— Me préserve le ciel, dit l'autre, d'en rien faire

Ces fils pour nos beaux yeux n'ont pas été tissés,
Ni pour le roi de Prusse entre ces fleurs placés;
Cela me paraît louche; et si vous êtes sage,
Vous n'irez pas, mon frère, approcher davantage·
   — O le sot peureux que voilà !
   Comme on vous reconnaît bien là !
   Qu'est-il besoin de tant craindre d'avance ?
Quand un péril est près c'est alors qu'on y pense;
Mais s'alarmer avant, et comme un maître sot
Se donner à soi-même à chaque instant l'assaut,
C'est folie ! » Entraîné par sa fatale étoile,
   Il va se poster sur la toile
Où vous savez fort bien sans que nul vous l'ait dit,
   Ce qu'il advint à ce triple étourdi.
Le sage que l'on croit parfois pusillanime
   Sait prévoir et fuir le danger.
L'imbécile, au contraire, attend pour y songer,
   Qu'il en soit devenu victime.

LE TEMPLE DES FAVEURS

—

On dit qu'après que Neptune
Pour un monarque brouillon
Eut, sans récompense aucune,
Bâti les murs d'Ilion,

Ce dieu prenant son équerre,
Sa truelle et son marteau,
Dans l'état le plus précaire
Revint à Delphe en bateau.
Longtemps il fut sans ouvrage ;
S'en tirant comme il pouvait ;
Mettant ses effets en gage
Et mangeant ce qu'il trouvait.
Déjà le pauvre Neptune,
Gros et vermeil autrefois,
Sous les coups de l'infortune
Avait maigri de deux doigts ;
Lorsqu'un dieu plein de caprices,
— C'était le dieu des Faveurs —
En acceptant ses services
Mit un terme à ses malheurs,
« Vous allez, dit-il, compère,
Nous bâtir de votre mieux
Un temple qui désespère
Par sa beauté tous les dieux.
Faites-nous quelque chef-d'œuvre ;
L'or ne vous manquera point.
— Oh ! dit l'auguste manœuvre,
Je vais vous servir à point. »
Lors nôtre maçon céleste,
Plein d'un légitime orgueil,
Au travail se mettant preste,
Fit le temple en un clin d'œil.
Ce temple, ouvrage admirable,
(C'est du moins ce qu'on prétend)
Bien qu'il soit incomparable,
Sur un point pèche pourtant.

Car Neptune, se trompant,
En fit la porte si basse,
Qu'on n'en peut, quoi que l'on fasse,
Franchir le seuil qu'en rampant.

LE CARPILLON ET LE CANARD

Tout près d'un carpillon alerte et frétillard,
Dans un bassin bourbeux barbottait un canard.
Comme ils n'étaient auteurs, et que pas davantage
Il n'existait entre eux le moindre parentage,
Ils vivaient tous les deux en très-bon voisinage;
S'invitant quelquefois, sans nappe et sans couverts,
En vrais amis sans gêne, à croquer quelques vers.
        Après le repas, d'ordinaire,
        Ces deux messieurs, pour se distraire,
Philosophaient un peu, faisaient quelques récits,
Et du mieux qu'ils pouvaient égayaient leurs esprits.
« Ah! qu'il me serait doux de parcourir le monde,
        S'écria Carpillon un jour.
        On n'apprend rien au fond de l'onde;
Et c'est, je vous l'avoue, un bien triste séjour.
        Oh! si du ciel l'implacable colère
A vivre au sein des eaux ne m'avait condamné;
        Si je pouvais, vous suivant sur la terre,
        Fuir un instant ces lieux où je suis né;

Quelle félicité ce serait que la mienne !

      — Ah ! parbleu ! qu'à cela ne tienne !

Répondit le canard. Si, pour vous contenter,

Il suffit de si peu, je puis vous assister.

Je ne suis pas d'hier, certe, et je me fais gloire

      D'avoir vu du pays déjà.

Prenez donc votre élan ; hors de l'eau ! c'est cela.

      Maintenant que votre nageoire,

Enlacée à mon aile ait mon corps pour soutien.

Serrez ; n'ayez pas peur ; serrez fort ; c'est très-bien.

Or çà, vite en avant, compère, et du courage. »

Ce disant, tous les deux partirent en voyage.

      Ils n'avaient pas fait quatre pas,

Que le carpot déjà regrettait sa demeure ;

      Six pas plus loin, sa dernière heure

      Sonnait au cadran du trépas.

Un corbeau qui le vit étendu sur la terre,

Et se promit tout bas d'en gorger ses petits,

Dit au canard : « — Grand sot ! n'avais-tu pas appris

Que l'on se perd toujours en sortant de sa sphère ? »

LES VAUTOURS ET LES PIGEONS

—

      Deux vautours pervers et méchants

      Avaient pris une tourterelle,

      Que ses cris plaintifs et touchants

Ne purent arracher à leur serre cruelle.

Pour faire respecter un peu le droit des gens,
  La république pigeonnière
S'établit en conseil dans un champ de bruyère.
  Les uns voulaient que réunis
Pigeons et tourtereaux montrassent leur colère
  Par un châtiment exemplaire.
  D'autres disaient que dans leurs nids
Il fallait des vautours tuer tous les petits
  Afin d'en dépeupler la terre.
  Un vieux routier, vrai Nestor des pigeons,
  Et qui des choses de ce monde
  Avait connaissance profonde,
  Osa combattre leurs raisons :
« Quittez ces sentiments, dit-il, qui vous séduisent;
  Au gré de leurs vils penchants
  Laissez agir les méchants,
Car entre eux, tôt ou tard, les méchants se détruisent. »
Cet avis était bon ; bien peu de temps après
Nos deux maîtres goulus cessent de vivre en paix ;
Et sous maints coups de bec chacun des deux succombe.
On pense si pigeons dansèrent sur leur tombe.

LE PERROQUET ET LE SINGE

—

Un perroquet, détestable chrétien,
Qui confondit toujours le mien avec le tien,
Sans que l'on pût jamais amener sa science
A mettre entre les deux la moindre différence,
Avait pour compagnon de ses tristes exploits
Un singe ennemi-né des sergents et des lois.
L'un l'autre ils se valaient; pourtant, s'il faut en croire
Des faits dont la justice a gardé la mémoire,
Pour ces qualités-là qu'on affiche au poteau,
Le quadrupède encor l'emportait sur l'oiseau. ·
Ce dernier, un matin, s'étant laissé surprendre,
    Crut ne pouvoir se mieux défendre
Qu'en accusant Bertrand de valoir moins que lui.
« Sur ces bancs à ma place il serait aujourd'hui
Si le ciel était juste et la cour équitable;
Car voilà ce qu'on peut appeler un coupable!
Je ne suis pas un saint; mais ce singe est, ma foi,
    Un bien autre larron que moi.
    — Cela se peut, lui répliqua le juge;
Mais sachez, faisant trêve à ce vain subterfuge,
Qu'incriminer autrui, devant tout tribunal,
    C'est se justifier très-mal. »

LE CHÊNE ET LE LIERRE

—

A MON AMI EUGÈNE CAVANIET

—

Jadis, au bord d'un fleuve, un chêne séculaire
        Vivait de chacun vénéré ;
        Tandis qu'un pauvre petit lierre,
    Tout près de lui végétait ignoré.
        Se plaindre au sort de sa misère,
Est toujours, en tel cas, la plus pressante affaire.
A l'usage commun de tout temps pratiqué,
        Jugez si l'arbuste eût manqué.
Pendant que de son mieux il crie et se déchaîne,
Sa plainte parvenant aux oreilles du chêne,
L'arbre compatissant, touché de ses douleurs :
« Cher ami, lui dit-il, séchez enfin vos pleurs.
Le ciel veut qu'aux petits les grands viennent en aide ;
Je dois donc à vos maux porter un prompt remède.
Venez auprès de moi ; je prendrai soin de vous.
Vous vous élèverez aussi haut que ma tête ;
Et, quoique aux régions où règne la tempête,
Des vents et des destins vous braverez les coups. »
Notre lierre enchanté de cette offre civile,
Ne jugea pas devoir faire le difficile ;
        Et sans plus ample compliment,
        Il accepta tout bonnement.
La chose alla très-bien. Jusque dans un grand âge
On fit de part et d'autre un excellent ménage.

Cependant, un printemps, alors que des ruisseaux
La neige va grossir les eaux,
Il advint que le fleuve enrichi par leurs ondes,
Prêt à tout ravager,
S'élança de son lit sur les plaines fécondes
Qu'en déserts il alla changer.
Lorsque, ébranlé déjà par la vague écumante,
L'arbre vit approcher l'heure de son trépas,
Il dit au lierre : « Ami, votre sort m'épouvante ;
Ma vieillesse au courant ne résistera pas.
J'expirerai bientôt ; sauvez-vous au plus vite ;
Car je mourrais deux fois en vous voyant mourir. »
« — Quoi ! vous me proposez qu'aujourd'hui je vous quitte
Dit le lierre ; avec vous je veux vivre ou périr.
J'ai partagé votre fortune ;
L'Adversité doit nous être commune. »
Dois-je à Messieurs les courtisans
Offrir cet exemple sublime ?
A quoi bon perdre ainsi mon temps ?
Ne sais-je pas assez quel esprit les anime ?
Non ; l'exemple est trop beau pour qu'il soit oublié ;
J'en fais hommage à l'amitié.

LE BOUC

—

Un bouc qui d'Aristote avait fait son étude,
Et qui même avait lu son Platon jusqu'au bout,
  Nonobstant un travail si rude,
  Ne s'enrichissait point du tout.
C'est la loi d'aujourd'hui, que les gens de mérite
  Ne sachent quoi mettre en marmite.
Un philosophe austère et vrai stoïcien
En eût pris son parti; le nôtre n'en fit rien;
Pensant, non sans raison, que de notre besace
  Si nous ne prenons point
  De soin,
D'autres ne l'iront pas remplir à notre place.
Il composait alors un ouvrage important
Dans lequel il prouvait qu'à Rome et dans Athènes,
  Les philosophes, par centaines,
Portaient barbe de bouc; témoignage éclatant
Que Messieurs ses pareils, dont on médisait tant,
Malgré les envieux, devaient par leur science
Chez les bêtes partout avoir la préséance.
Pour un bouc c'était là beau sujet à traiter.
Le nôtre y fit merveille; et, pour bien débuter,
Il en fit au lion, en forme de préface,
  Une ample et longue dédicace;
  Dans laquelle il jura, dit-on,
  Par la barbe de son menton,
Qu'après lui, qui toujours devait marcher en tête,
Le monarque était bien la plus savante bête.

« On peut, ajoutait-il, sans être mon égal,
Avoir un fort beau rang dans l'empire animal... »
        Et mille sottises pareilles.
Il est de certains rois, bonnes gens comme nous,
        Qui lorsqu'on froisse leurs oreilles,
        Ne se mettent guère en courroux.
Mais, quoiqu'il ne fût pas bien méchante personne,
Celui-ci n'était point d'une pâte aussi bonne.
        Moitié Titus, moitié Néron,
        De l'humeur d'Auguste environ.
Dès que de la préface il eut fait la lecture :
« Çà, l'ami, lui dit-il, vous moquez-vous de moi ?
J'aime, sachez-le bien, mieux une franche injure,
        Qu'un éloge aussi maladroit. »

_____

LA TRAME DE L'HISTOIRE

—

Clio voulant ourdir la trame de l'histoire,
Pria la Vérité de lui prêter son fil.
L'Erreur, qui l'entendit, redoutant la victoire,
Pensa ne pouvoir mieux éviter ce péril,
        Qu'en mélangeant à portion égale
        Ses propres fils à ceux de sa rivale,
            Bien entendu, l'imbroglio
            Se fit à l'insu de Clio.

Lorsque notre Mnémosynette
Voulut se mettre à travailler,
Les fils étaient dans sa navette
Si bien brouillés, que la pauvrette
Vit bientôt à les débrouiller
Impossibilité complète.
C'est pour cela qu'au beau milieu
De force vérités notoires,
Dans la plupart de nos histoires
On trouve plus d'un conte bleu.

Le chien attaché, page 65.

LE CHIEN ATTACHÉ

—

Les mots sur la nature humaine
Ont toujours fortement agi.
Tel volontiers porte une chaîne
Qui d'une attache aurait rougi.
Les animaux, s'il en faut croire
Certain chien dont voici l'histoire,
Sont au moins aussi sots que nous;
Peut-être même encor plus fous;
Ce qui semble assez peu probable;
Mettons autant, c'est bien assez.
D'ailleurs ce ne sont là que pièces à procès.
 Arrivons donc à notre fable :
  Cerbère d'un château,
   Pateau
Vivait comme un sultan que les soins de l'empire
 N'empêchaient pas de ronfler ni de rire.
  Seulement un faible lien
Le rivait au logis; mais il n'y perdait rien;
  Car tous les chiens du voisinage,
  Qu'il n'était besoin d'inviter,
Sans manquer un seul jour le venaient visiter.
 Comme ils mettaient sa cuisine au pillage,
Chacun avait bien soin de payer son écot
Par quelque historiette arrivée au village,
 Dont il était le volontaire écho.
  Un jour qu'on manquait de nouvelles
Et qu'on n'en avait pas moins vidé les écuelle s,

4.

Un dogue qui lui seul avait mangé pour trois,
Lui dit que l'on avait méconnu tous ses droits.
En lui mettant au cou cette vilaine attache
       Digne tout au plus de la vache,
       Ou bien de quelque autre animal :
       Se respectant tout aussi mal :
« Croyez-moi, lui dit-il, faites-la disparaître ! »
Les gueuletons partis, l'autre en parle à son maître,
       Qui lui répondit : — «En effet,
       Cette corde n'est pas ton fait!
Je vois ce qu'il te faut; j'ai là-haut dans ma chambre
Un collier non pas d'or, ni de corail, ni d'ambre,
       Bijoux à l'éclat mensonger ;
Mais un collier de fer artistement forgé,
D'où pendent les anneaux d'un lien métallique.
       Dont le luisant est magnifique.
       Chacun, te le voyant, te croira chevalier
       D'un nouvel ordre du Collier ;
Tu verras. » — Aussitôt il va prendre la chaîne
Et rive le mâtin à sa niche en vieux chêne.
       Le lendemain à leur repas
       Les dogues ne manquèrent pas.
Je vous laisse à penser quelle fut leur surprise
En voyant leur ami de la sorte équipé :
       « Quelle attache l'on vous a mise! »
Lui dit l'un d'eux. — « A moi? vous vous êtes trompé;
Veuillez voir de plus près; que chacun de vous sache
Que je porte une chaîne et non pas une attache.

LES DEUX ESCARGOTS

—

J'aime qu'on soit content alors qu'on pourrait l'être.
Mais de gens ainsi faits en trouve-t-on ? Peut-être.
  Tout ce que j'affirme en ce point,
  C'est que moi je n'en connais point.
Chacun veut s'élever ; c'est par là qu'on débute.
On grimpe à la fortune, à la gloire, aux honneurs.
Parfois on réussit; plus souvent quelque chute
Du sort, en beau chemin, arrête les faveurs.
Le sage dans le rang où le ciel le fit naître,
  Tout humble qu'il puisse être,
Sait vivre heureux d'estime ; et s'il vient à tomber,
Ce n'est pas d'assez haut pour jamais succomber.
Deux citoyens des champs, escargots de naissance,
Vont, mieux que mes discours, prouver ce que j'avance.
  Sur le tapis moelleux d'un bois
Tous deux entre des fleurs rampaient en tapinois.
Ils n'avaient, par bonheur, nulle pressante affaire,
Et s'avançaient sans bruit à leur pas ordinaire ;
Devisant en chemin de ceci, de cela.
Bien que la politique en rien ne s'y mêlât,
  L'accord pourtant fut de courte durée.
« Messieurs les escargots, tout aussi bien que nous,
» Dit Pline en quelque endroit, diffèrent dans leurs goûts. »
Tant l'union parfaite est partout ignorée !
Donc l'un des promeneurs eut la démangeaison
D'aller sur un fayard installer sa maison.

L'autre alors dans son langage,
Lui tint un discours très-sage.
Mais bien loin d'être écouté,
Il ne fut que plaisanté.
Pendant que de la sorte, à l'envi l'un de l'autre,
Nos gaillards s'escrimaient tous deux,
L'un à prêcher en bon apôtre,
Et l'autre à n'en grimper que mieux,
Survint un vent plein de furie
Par qui notre grimpeur fut secoué si fort,
Qu'il ne fit qu'un saut de la vie
Dans les bras de la mort.

LE CHASSEUR ET L'ARBALÈTE

—

Certain chasseur avait une arbalète
Qu'au-dessus de toute autre il plaçait hardiment ;
Il n'y manquait, pour la rendre parfaite,
Rien, selon lui, sinon quelque ornement.
Ses plans mûris et l'affaire arrêtée,
A Phidias l'arbalète est portée,
Afin d'être avec art sur tous les points sculptée.
Pour la centième fois signalant son ciseau,
L'ami de Périclès, qu'un peuple fanatique
Exila plus tard de l'Attique,
Ajoute à ses chefs-d'œuvre un chef-d'œuvre nouveau.

Le chasseur enchanté du délicat ouvrage
Qui devait de son arc centupler la valeur,
Vite alla l'essayer. Jugez de la douleur
Que ressentit ce Grec plus artiste que sage!
          L'arc ayant en solidité
Perdu ce qu'il venait d'acquérir en beauté,
          Se rompit net; et le pauvre homme
N'eut que débris payés une assez forte somme.

  Un sot moins vaniteux sans peine aurait compris
Que ce qu'il faut surtout chercher dans l'arbalète,
C'est la solidité. L'art sans doute a son prix;
Mais encore est-il bon qu'à sa place on le mette.

LE LOUP IMPLORANT DA CLÉMENCE DES BERGERS

—

Un loup, profanateur du plus sacré des droits,
          Celui de vivre, eut le cœur autrefois,
          Malgré leurs cris et leurs prières,
D'égorger deux agneaux sous les yeux de leurs mères.
Surpris par le berger, cerné de toute part,
Et par quatre gros chiens pris comme au traquenard,
Le bandit, qui n'était pas très-fort en histoire,
Ne sachant pas combien on se couvre de gloire,
          A bien disputer la victoire,

Jusqu'à supplier s'abaissa.
Mais d'importance on le brossa,
Tant et si fort qu'il y passa.
Telle est la juste récompense
Qu'on doit aux gens de ce métier.
Qui reste sourd à la pitié
Se rend indigne de clémence.

LE BOUC ET LE PORC-ÉPIC

Certain bouc, habitant au fond d'une forêt,
Empestait sa tanière à cent pas à la ronde ;
Nul ne le fréquentait, il était seul au monde,
Et dans sa solitude il se désespérait.
  Cependant près de sa retraite
  Vivait un autre Philoctète,
Porc-épic de naissance, et si bien accoutré,
Qu'on le fuyait partout comme un pestiferé ;
Mais appliqués au soin de leur petit ménage
Aucun d'eux ne s'était douté du voisinage.
Le hasard les ayant rassemblés un beau jour,
  Ils se contèrent sans détour
Ce qui les empêchait de vivre dans le monde.
« Votre odeur, dit le porc, déplaît aux délicats ;
  Ce n'est pas sur le même cas

Que leur haine envers moi se fonde.
Les dards que vous voyez causent seuls mon malheur.
   Mais si vous craignez la douleur
   Aussi peu que moi votre odeur,
De demeurer ensemble ici je vous propose. »
L'autre, comme on le pense, accepte avec transport ;
Et tous deux, travaillant d'un mutuel effort,
Ils vécurent heureux, longtemps, je le suppose.
Que conclure de là ? Que pour vivre d'accord
Il faut de part et d'autre endurer quelque chose.

L'ANE VERT

   Deux bacheliers en gueuserie,
   L'un singe et l'autre perroquet,
   Firent, un jour de pénurie,
   La rencontre sur la voirie
   D'un misérable bourriquet.
   Le singe dit : « Laisse-moi faire,
   Nous n'allons plus être aux abois.
   J'ai ruminé certaine affaire
   Qui doit nous enrichir tous trois.
   Allons, Jacquot ! vole et m'apporte
   Un vase plein du plus beau vert.
   Achète ou prends ; mais fais en sorte
   De ne pas être découvert.

Toi, Martin, va chercher des brosses
Ou des pinceaux au même prix ;
Tantôt nous nous ferons des bosses
Aux frais de bien des gens surpris. »
Brosse et couleur étant venues,
Bertrand en frotta le baudet,
Et mon Jacquot tombait des nues
En voyant verdir le cadet.
L'âne verdi comme une poire :
« Partons, » dit le singe aussitôt.
Et les voilà qui vers la foire
Vont sur Martin, qui marche au trot.
Comme, en public dès qu'ils parurent,
Le peuple partout s'amassa,
Dans le sac dont ils se pourvurent
Dieu sait l'argent qui s'entassa !
Le lendemain, suivant l'usage,
Ce fut bien autre chose encor ;
On s'étouffait sur leur passage,
Et dans leur sac il plut de l'or.
Enfin ce fut un tel délire,
Que la cour les fit inviter.
Et qu'un gros bourg faillit élire
Notre âne vert pour député.
Mais, à la fin de la semaine,
L'enthousiasme étant calmé,
C'en était fait du phénomène
Qu'on avait si fort acclamé.

Nouveauté ! telle est la folie
Que partout on suivra toujours ;
C'est pourquoi le nouveau s'oublie
Dès qu'il est vieux de quelques jours.

LE LYNX ET LE HÉRISSON

—

Un lynx chat et demi, mais qui n'avait souvent
      Rien à se mettre sous la dent,
Avec un hérisson fit un jour connaissance.
Le matois, dés l'abord, eût voulu le croquer ;
Mais aux dards qui servaient à l'autre de défense,
Venant en étourdi rudement se piquer :
  « Pourquoi donc, lui dit-il, me repousser, mon frère ?
Doit-on fêter les gens de semblable manière ?
Que craignez-vous de moi ? rien ; sans vous hérisser,
Ne sauriez-vous donc pas vous laisser embrasser ?
      Me témoigner si peu de confiance,
C'est, mon ami, me faire une sanglante offense.
Vous ai-je jamais nui pour m'accueillir si mal ?
— Mon Dieu, non, répondit le petit animal ;
Et, loin de me blesser, votre amitié m'honore.
      Pour vous le prouver mieux encore,
Je vais quitter ces dards qui vous font tant de peur.
Seulement il faudra, mon tendre camarade,
Quitter aussi vos dents avant toute embrassade,
      De crainte de quelque malheur. »

JUPITER ENFANT

--

J'ai lu dans certain mythologue
Un apologue
Que je veux ici mettre en vers.
L'héritier présomptif de ce vaste univers
Où vous et moi sommes assez peu sages
Pour nous croire parfois d'importants personnages,
Habita Crète quelque temps.
Il n'avait pas alors foudroyé les Titans,
Et l'heureuse chèvre Amalthée
Etait encor par lui tétée.
Ce détail est banal ; ce que l'on connaît moins,
C'est à quoi Jupiter mettait alors ses soins.
Dans un champ que les Corybantes
Lui prêtèrent un an, sans lui rien réclamer,
(Ce point a toujours eu le don de me charmer)
Le céleste dauphin s'amusait à semer
Les graines les plus étonnantes.
Là c'était du mépris que sa main répandait ;
Là de l'hypocrisie, et là de la paresse.
Ici l'orgueil, et plus loin la mollesse.
Mais bornons-nous à cet extrait.
Aux moissons notre dieu trouvait toujours son compte.
Quand il semait le crime il récoltait la honte ;
Et s'il jetait dans le sillon
L'ambition,
Il cueillait la déception ;
L'activité lui rendait la richesse ;

Et quant au fruit de la paresse,
    Il n'en vit jamais la couleur;
    Il est vrai que de cette espèce
Il sema peu de grains, connaissant leur valeur.
    Dans un autre coin, au contraire,
        Il vous mit de l'or à foison ;
Mais trouva des soucis au temps de la moisson.
        La chose était bien évidente.
        Aussitôt chez un corybante
Voilà notre bambin qui court tout en émoî :
« Le vilain tour ! dit-il en faisant la grimace :
J'avais en cet endroit semé de l'or en masse,
Dans l'espoir très-fondé d'obtenir, par cet or,
Au moins la paix du cœur si ce n'est un trésor ;
Et regardez, voilà ce que je trouve en place !
Est-ce un tour à jouer ? — Eh ! mon Dieu ! que veux-tu !
Dit l'autre ; rien ici ne mérite ton blâme :
        Pour récolter la paix de l'âme,
Au lieu d'or tu n'avais qu'à semer la vertu. »

LE CHAT, LE LOUP ET LE RENARD

—

Câlin-N'y-touche et Garou-l'Affamé,
L'un chat et l'autre loup, couple très-mal famé,
Venaient de contracter une intime alliance
Avec un scélérat de beaucoup d'espérance,

Le sieur Renard, Poule-au-Croc surnommé,
Fieffé larron comme ses acolytes;
Tous trois enfin de parfaits hypocrites.
　　　J'ignore en quel auteur j'ai lu
Que les triumvirats n'ont jamais rien valu.
　　Nos triumvirs effrontés, pleins d'audace,
Suivant Octave, Antoine et Lépide à la trace,
　　　Tuaient, pillaient, poursuivaient sans pitié
　　　Les tiens, les miens, sans différence aucune.
　　Le moindre objet de haine ou de rancune
Servait d'arrêt de mort aussitôt publié.
Dieu sait combien de rats, de moutons, de volailles
　　　　Virent les tristes funérailles
D'un parent, d'un ami dans sa fleur moissonné !
Age ni sexe, rien ! l'enfant à peine né,
Assailli dans les bras de sa mère expirante,
Livrait à ses bourreaux une vie innocente.
Jamais les scélérats ne sont longtemps d'accord;
Le méfait accompli, la brouille vient d'abord.
　　　Parmi nos gens, le loup dans tout partage
　　　Se réservant toujours quelque avantage,
　　　Mécontenta le chat et le renard,
　　　Qui, lui jouant un vrai tour de pendard,
　　　Dans un vieux puits privé de sa margelle
　　　Le firent choir... par chute accidentelle.
Cela fait, le renard se dit : « Nous voici deux;
　　　C'est mieux que trois; cependant il me semble
　　　Que si j'avais la part de trois ensemble,
　　　　Tout pour moi n'en irait que mieux.
　　　　Pouvant alors vivre à mon aise,
Je ne formerais plus que vertueux desseins.
　　Si ma conduite autrefois fut mauvaise,

Mes deux pauvres défunts n'ont pas été des saints,
Eux seuls porteront tout. Menant un train plus sage,
    Il n'en faudra pas davantage
Pour me gagner les cœurs. » Cela dit, il s'en va,
    Bien décidé d'en finir au plus vite,
      Tendre un piége au sieur Chattemite,
Qui, ne s'en doutant point, s'y vint prendre et creva.
    Depuis ce temps, notre rusé compère
      Ne commit plus aucun forfait.
Quant aux crimes qu'au sire on imputait naguère,
      Ses deux amis avaient tout fait.
      Malheur au parti qui succombe !
      C'est toujours sur lui que retombe
Le poids des maux causés par chaque autre parti.
Les vaincus n'ont que l'os ; au vainqueur le rôti.

LE MERLE ET LE ROSSIGNOL

—

    Un merle rempli de malice
    Offrit un jour d'entrer en lice
Contre le roi du chant, le tendre rossignol,
Disant qu'il le battrait en bécarre, en bémol.
La gageure acceptée, au milieu d'un bocage
    On convoque un aréopage
Avec tous les pinsons, les grives d'alentour,

Les chardonnerets, les fauvettes,
Les passereaux, les alouettes;
Tout ce que les oiseaux ont de plus troubadour,
Chantant la nature et l'amour;
Gens experts s'il en fut. Quand on eut fait silence,
De sa plus douce voix Philomèle commence.
Jamais Orphée aux sombres bords,
Pour se rendre Pluton propice
Et sauver sa chère Eurydice,
Ne tira de son cœur de plus touchants accords.
Aussi vit-on bientôt qu'aux yeux de l'auditoire,
Le pauvre merle infatué,
Bien loin d'espérer la victoire,
N'avait qu'à prendre garde à n'être pas hué.
Cependant le gascon, loin de perdre courage,
Laissant là le printemps, la nature et l'amour
Que l'autre avait chantés, entreprit sans détour
De louer les talents du docte aréopage.
Là, selon lui, le moindre personnage,
Depuis le passereau jusqu'à l'humble pinson,
Etait une merveille, un second Apollon.
Ce début charma fort, ainsi qu'on le peut croire;
Et comme, en pareil cas, le triomphe est certain,
Quand il fallut donner le prix de la victoire,
Eh! mon Dieu! oui; ce fut le merle qui l'obtint.

LE CHEVAL RÉGENT ET SES MINISTRES

Lion XIV étant mineur,
Le cheval quelque temps exerça la régence,
C'était un prince humain et rempli d'indulgence,
Détestant les combats, bien qu'il fût plein d'honneur.
Mais, quelque doux qu'on soit, quand on vit près des hommes,
Il est bien maalisé de vivre en bon accord ;
Car nous voulons toujours, en tyrans que nous sommes,
    Imposer la loi du plus fort.
Un jour que nous avions, plus qu'à notre ordinaire,
Vexé des animaux le peuple débonnaire,
Le cheval assembla son conseil et lui dit :
    « Si j'ai sur vous quelque crédit,
    Vous redoublerez de prudence ;
On veut nous irriter, c'est de toute évidence.
    Mais, avec quelque habileté,
    Un conflit peut être évité.
L'homme, je le vois bien, ne cherche qu'un prétexte ;
    Gardons-nous d'en fournir le texte ;
Et sachons ménager le fourbe chicaneur,
Tant qu'il ne viendra pas attaquer notre honneur. »
Ce discours terminé, le loup prend la parole :
« Quoi ! dit-il, écumant comme un flot sur l'écueil,
A l'amour de la paix on veut que je m'immole !
Et que de nos tyrans je subisse l'orgueil !
Non pas ! et si votre aide échappe à mon courage,
J'irai venger tout seul notre commun outrage.

Est-ce clair ? maintenant délibérez ; j'ai dit. »
A ces mots, au Conseil tout le monde applaudit ;
Ours, tigre, léopard, tous de l'humaine engeance
Demandent à grands cris que l'on tire vengeance.
«Fort bien ! dit le cheval ; c'est comme il vous plaira :
Vous voulez qu'on se batte ? eh bien ! on se battra.
Mais comme l'on pourrait éviter cette affaire,
Et qu'à vos seuls désirs il faut que je défère,
Vous allez endosser des habits de soldats,
Et marcher, sous mes yeux, les premiers aux combats,
Il serait trop plaisant que, pour votre caprice,
De ses biens, de sa vie, on fît le sacrifice,
     Tandis qu'à l'abri du danger,
     Vous seriez à vous goberger. »
Ce discours, dont ici je ne rends que l'essence,
Soudain de nos héros calma l'effervescence ;
Et tous les conseillers ayant bien réfléchi,
Le Rubicon ne fut cette fois pas franchi.
Depuis lors au Conseil le loup même fut sage.
Peuples, de la leçon tâchez de faire usage.

LE CHIEN PARMI LES LOUPS

—

Parmi des loups vivant comme de vrais pandours,
Qui plongeaient dans l'effroi la campagne et la ville,
Certain chien vagabond, expert en mauvais tours,
    Alla se chercher un asile.

Grand renfort pour les loups; car Guillot, le berger,
      L'ayant quelque temps hébergé,
Il pouvait, connaissant très-bien les lieux et l'heure
Où les moutons paissaient et rentraient en demeure,
Chez Guillot s'introduire et sur tous les bercails
Donner à nos bandits de précieux détails.
Aussi, lorsqu'ils voyaient poindre quelque aventure,
      N'y manquaient-ils point, je vous jure.
Depuis deux ans à peine ils faisaient ce métier,
Que l'on ne comptait plus, dans le pays entier,
Un troupeau qui ne fût, de ce peuple corsaire,
      Devenu lors le tributaire.
      Pleins de crainte pour l'avenir,
Les bergers, un beau jour, voulurent en finir.
Tous alors s'unissant et s'emparant d'une arme,
Chez les loups, à leur tour, s'en vont semer l'alarme.
Hache, pioche et trident ne firent point défaut;
      On vous les sangla comme il faut.
      Quoique dans la déconfiture
Notre chien eût déjà bien souffert quelque peu,
      Il croyait, en cette aventure,
      Tirer sa peau franche du jeu.
Mais il avait compté sans un rustre et sa gaule
Qui d'un coup vigoureux vous chatouilla le drôle.
« Arrêtez! cria-t-il, ami; vous voyez bien
      Que je ne suis pas loup, mais chien.
— Il m'importe fort peu! lui dit l'autre en colère;
      Qu'êtes-vous ici venu faire?
Si je me suis mépris, ma foi, tant pis pour vous,
A vivre avec les loups, les chiens deviennent loups. »

———

5.

LE SCULPTEUR ET L'IDOLE

—

Jadis dans le tronc d'un érable
Un sculpteur s'avisa de ciseler un dieu.
L'œuvre achevée, œuvre admirable,
L'artiste en fit présent au grand-prêtre du lieu.
Celui-ci pour l'offrir aux respects du vulgaire,
En fit du temple orner le sanctuaire,
Il espérait, en fin bénéficier,
En tirer bon parti, je pense.
Quel ? je ne sais, n'étant point du métier ;
Mais peut-être déjà connaissait-on la mense.
Le peuple cependant devant le dieu nouveau
S'empressait assez peu. D'argent pas de nouvelle.
D'hécatombe encor moins ; ni génisse, ni veau ;
Rien, en un mot, dans l'escarcelle
Du grand-prêtre ou du dieu (c'est tout un, m'a-t-on dit).
Quoi qu'il en soit, l'idole eut fort peu de crédit.
Cela ne faisant point ou fort peu son affaire,
Notre Calchas alla trouver le statuaire.
Le cas narré : « Bah ! n'est-ce que cela ?
Dit l'autre : il est aisé de nous tirer de là.
Renvoyez-moi mon œuvre en diligence ;
Je vois ce qu'il y manque, et la veux retoucher.
Dans quatre jours vous la viendrez chercher.
Et nous verrons ce que le peuple en pense. »
Ainsi fut fait. Après les quatre jours,
L'idole, auparavant par chacun repoussée,
De nouveau dans le temple ayant été placée,
Attira cette fois un immense concours.

5.

Quel fut, me dira-t-on, le secret de cet homme ?
Et comment tira-t-il son Calchas d'embarras ?
Il dora simplement le dieu du haut en bas.
Ce moyen n'est pas neuf ; j'en conviens, mais en somme
Pour bon nombre d'objets, surtout pour les habits,
Les sots pendant longtemps y seront encor pris. '

LES SOULIERS DE THOMAS

Or çà, petits enfants, écoutez cette histoire.
   L'ami Thomas, un jour de foire,
S'octroya, contre écus, deux souliers excellents,
Beaux, souples et bien faits ; d'un cuir des plus brillants ;
Parfaits, enfin ; s'il est sur notre pauvre terre
Quelque objet qui le soit, ce que je ne crois guère.
   Comme il vint à pleuvoir, Thomas,
   De peur de gâter sa chaussure,
   Surveillait chacun de ses pas,
Évitant avec soin la moindre éclaboussure ;
   Mais mon gaillard s'apercevant
   Que, malgré sa sollicitude,
Ses souliers refusaient de prendre l'habitude
D'être, une fois crottés, aussi propres qu'avant,
Le pauvre homme, irrité, manqua de patience
Et piaffa dans la boue en toute indifférence,

A beaucoup d'entre nous ce Thomas ressemblait.
De notre âme d'abord la pureté nous plaît;
Aussi de la souiller, Dieu sait! comme on se garde;
Mais que la boue y morde, et l'on n'y prend plus garde.

LE CHAT ET LE RAT

—

Un arrière-neveu du fameux Rodilard
Ce Tamerlan des chats, fut pris à la lippée
Au moment qu'il venait, pour dernière équipée,
Sur les avoirs d'autrui de prélever sa part.
Son procès dès longtemps était fait à l'avance;
Sa mort à ses voisins devait fournir quittance;
    Moyennant quoi, de tout ce qu'il devait
      Pour toujours on le dégrevait.
      En attendant qu'à cette clause
      Il fît honneur, on le fourra
    Au fond d'un sac dont la gueule fut close
A l'aide d'un cordon que de près on serra.
      Puis, jusqu'au moment du supplice,
On déposa le fourbe en un coin de l'office.
Là, pendant qu'il songeait à son fatal destin,
Un rat montra son nez derrière une bouteille;
Donna dans tous les sens un coup d'œil clandestin;
      Tendit le cou, mit au guet son oreille;

Puis s'avança d'un pas sage et prudent,
Cherchant partout un emploi pour sa dent.
Les points d'arrêt n'étant pas en grand nombre,
Il arriva près du chat sans encombre.
Comme il flairait le sac, une voix en sortit :
« Ayez, dit cette voix, pitié de ma misère;
Je suis un pauvre chat qu'un pouvoir arbitraire
Veut conduire à la mort pour un simple délit.
— Vous, un chat que l'on doit mener à la potence !
Vive Dieu! je souscris, dit l'autre, à la sentence.
Vraiment, seigneur Raton, je plains bien votre sort
Si vous comptez sur moi pour éviter la mort.
— Écoutez, dit le chat; la haine vous égare;
Je laisse en expirant un grand nombre d'amis
Qui sauront me venger d'un traitement barbare
En tuant tous les rats et toutes les souris.
Quand ma mort vous aura valu ce beau carnage,
Vous serez, n'est-ce pas, alors bien avancés?
Écoutez-moi plutôt, et si vous êtes sage,
Nos vœux à tous les deux pourront être exaucés.
Vous allez, en rongeant promptement quelques mailles,
Au sac qui me retient faire une ou deux entailles.
Sitôt que je serai par vous en liberté,
J'irai chez tous les chats conter cette aventure;
Et je promets d'avance, ou mieux encor, je jure
Qu'aucun rat désormais ne sera maltraité. »
A ces mots Rongelard ému d'un tel langage,
            Modifia ses sentiments;
Consentit à traiter, et pour unique gage
            Exigea serments sur serments.
Ceux-ci faits, il se mit aussitôt à l'ouvrage.
Dès que le sac ouvert permit au prometteur

D'abandonner sa prison cellulaire,
Il croqua son libérateur,
Au mépris des serments qu'il venait de lui faire.
Quelle moralité tirer de ce récit?
Lecteur, cherchez un peu, car la matière abonde.
Pour moi, j'y vois les plus belles du monde;
Mais il serait trop long de les citer ici.

LE RENARD PHILANTHROPE

Un renard, par le froid chassé de sa tanière,
Avait fait vœu
Que, s'il rencontrait un bon feu,
Toute la gent gallinière,
Sans pitié ni sans quartier,
Avec chair, plume et carcasse,
Entrerait dans la besace
Des pauvres de son quartier.
De peaux il devait ensuite
Munir tous les malheureux
Qui grelottaient dans leur gite
Faute de soins généreux.
Le ciel, charmé du langage
De ce dévot personnage,
Mena tout droit Saint-Renard

5.

Dans la caverne profonde
D'un ours qui, vers l'autre monde,
Lors s'apprêtait au départ.
Là se trouvait de quoi dégeler une armée
De renards transis et frileux.
Par le douillet la grotte est aussitôt fermée ;
Et je vous réponds bien qu'après une heure ou deux,
Notre gaillard n'avait pas froid aux yeux.
Dès qu'il eut de son corps retrouvé la souplesse,
Mon saint se rappela tout à coup sa promesse :
« Oh ! que ces pauvres gens, dit-il, ont dû souffrir !
Ma foi, de bien bon cœur j'allais les secourir ;
Mais, depuis le moment où j'ai fui ma tanière,
Le temps s'est radouci d'une étrange manière. »

Hélas ! vêtus de poil ou couverts d'un habit,
Que j'ai vu de renards de ce même acabit !

LES DEUX LOUPS

Un loup s'était lui-même investi du mandat
D'enseigner la justice à la gent animale.
Rarement plus mauvais soldat,
Combattit mieux pour meilleure morale.
Quelle éloquence ! il fallait voir
Comme il effrayait le pouvoir !
Comme il donnait partout la chasse
Aux moindres friponneaux en place !

C'était la terreur des repus,
Pour peu qu'ils fussent corrompus.
Plus de joie à la cour. Jusqu'à la valetaille,
Chacun tremblait qu'il ne fît voir
La poutre, la taie ou la paille
Que dans l'œil on pouvait avoir.
La situation devenant très-fâcheuse,
On s'avisa de faire à la bête grincheuse
L'offre d'avoir sa part et d'être le soutien
De ces abus qu'elle sapait si bien.
Huit jours après, dans tout l'Empire,
On n'aurait pas trouvé, je crois,
De gredin pire
Que ce loup vertueux si sévère autrefois.
Ceci d'un autre loup me rappelle l'histoire.
Étant malade un jour, comme œuvre expiatoire
Il promit de laisser dans la suite en repos
Les chiens, les bergers, les troupeaux,
Si Dieu lui conservait la vie.
« Sur eux assez longtemps ma faim s'est assouvie ;
Il est temps, je crois, ou jamais,
De songer, dans la pénitence,
A passer mes jours désormais ;
Le ciel aime la repentance. »
Ainsi parla le saint tout fraîchement éclos.
En effet, tant qu'il fut malade,
Mon dévotieux camarade
A croquer son prochain se montra peu dispos.
Mais on dit que depuis, fidèle à sa nature,
Le vilain glouton,
Du mouton
Fait plus que jamais sa pâture.

Le malade et l'ambitieux
Sont parfois gens très-vertueux.
Dès que leur intérêt à la vertu les pousse,
Chez les plus vicieux la passion s'émousse.
Mais en leur sainteté n'ayez pas grand espoir;
L'un se décanonise aux portes du pouvoir;
L'autre, s'il est doué de quelque patience,
Sera saint quelquefois... jusqu'à convalescence.

LES SOURIS, LE RAT ET LE HIBOU

—

Chez des souris, peuple rongeur,
Un jour certain rat voyageur
Arriva le sac sur l'épaule;
Comme il n'avait pas une obole,
Il apprêtait déjà son petit compliment
Pour aborder son monde poliment;
Lorsque nos dames ronge-maille,
Qui jamais n'avaient vu de souris de sa taille,
Croyant avoir affaire à quelque grand seigneur,
Lui firent aussitôt l'accueil le plus flatteur.
Le rat prenant goût à la fête,
Se garda bien de les désabuser;
Plus l'encens lui donnait, au contraire, à la tête,
Plus il voulut qu'on le vînt courtiser.

On l'avait cru grand seigneur sur sa mine ;
Il se dit prince, on en crut son aveu.
Ensuite il se fit roi d'autorité divine ;
Puis empereur ; puis enfin demi-dieu.
Et cependant sa fortune et sa panse
S'arrondissaient aux dépens des souris ;
Tant et si bien, que parmi cette engeance
Contre le rat enfin on poussa de hauts cris.
Un hibou, personnage austère,
Et qui près de nos gens logeait en ce temps-là,
Les pria d'abord de se taire ;
Mais échouant à mettre le holà :
« De quoi vous plaignez-vous, dit-il, sotte vermine ?
N'êtes-vous pas auteurs de tous vos embarras ?
Nuls grands ne se croiraient de nature divine
Si les petits ne les adoraient pas. »

LA POULE ET LE SANSONNET

—

« Explique qui pourra le malheur qui m'arrive !
Disait une poule naïve ;
Mais voilà plus d'un mois que je ponds tous les jours,
Et que mes œufs disparaissent toujours.
Aux regards indiscrets en vain je les dérobe,
Il faut partout qu'on me les gobe.

J'y perds la tête, et ne sais plus, vraiment,
    Quand je dois pondre, où, ni comment.
— Ah ! pour le coup, vous nous la donnez belle !
Lui répondit un sansonnet femelle.
Vous n'avez pas encor, depuis que je vous vois,
Fait un œuf sans aller le crier sur les toits.
    Vous avouerez que pour pondre en cachette,
      C'est une plaisante recette. »

LES BONNES FORTUNES DE NICAISE

—

Certain manant, au sortir de service,
    Eut pour salaire un lingot d'or.
Le cœur joyeux d'un si beau bénéfice,
Chez lui gaîment il portait son trésor.
Un chagrin seul le tenait en haleine;
C'est que, pour lui ravir jusqu'à la moindre peine,
    A son lingot le ciel n'eût attaché
      Deux jambes au moins pour marcher.
Pendant qu'ainsi notre pauvre Nicaise
Songeait combien la fortune nous pèse,
Vint à passer un quidam à cheval.
Accoster l'homme, offrir de l'animal
Tout son lingot, ne fut pas longue affaire.
Le quidam, à son tour, fut prompt à satisfaire.
    Marché conclu, sans le moindre regret,
    Maître Nicaise enfourche le bidet.

Chemin faisant, il se dit à lui-même :
« Voilà ce qui s'appelle éconduire un problème !
Tantôt je souhaitais deux pieds à mon lingot ;
    En voici quatre, et qui vont au grand trot !
    Hop ! » A ces mots, il pique sa monture,
Qui, sentant par le fer son ventre caressé,
      Jette notre homme en un fossé,
    Dont il sortit faisant triste figure.
Près de là, par bonheur, un berger dans un champ
Conduisait un troupeau. Nicaise, sur-le-champ,
Propose son cheval ; fait si bien qu'il s'arrange
Et reçoit sans grand'peine une vache en échange.
    Tout en marchant, calculant le profit
    Qu'il tirerait en lait, beurre et fromage,
      De son laitage ;
« Par ma foi ! se dit-il, vivent les gens d'esprit !
    Rien de tel pour remplir sa bourse
    Qu'avoir un génie à ressource. »
Cependant par la soif se sentant tourmenté :
    « Eh ! n'ai-je pas du lait à volonté ?
    Trayons, parbleu ! » Comme il se mit à traire,
Elle d'un coup vous l'étendit par terre.
    « Foin de la vache ! au diable tout son lait !
    S'il faut toujours à ce prix-là le boire.
Roussette, mes amours, j'en ai bien du regret,
Mais arrivé chez nous je vous mène à la foire. »
    Comme il disait, un marchand de pourceaux
    Tout près de là cheminant d'aventure :
    « Ah ! par ma foi, les hommes sont bien sots,
Nicaise, se dit-il, allez, je vous l'assure.
Comment n'avez-vous pas compris beaucoup plus tôt
    Que c'est un cochon qu'il vous faut ? »

Quelques instants après, il tenait à l'attache
    Un très-beau porc en place de sa vache.
    Pour cette fois il se crut très-content;
Calculant que jambons pouvant lui rendre tant;
    Boudins et lard pour le moins tout autant,
    Il avait fait une excellente affaire.
    Mais son bonheur, hélas! ne dura guère.
Ayant d'un rémouleur convoité l'humble état,
Notre homme de son porc bientôt se dégoûta.
Et faisant de rechef quelque coup de sa tête,
    Contre une meule il échangea sa bête,
    La meule aussi fit assez triste fin;
    Car par malheur étant tombée à terre,
    Elle alla droit rouler dans la rivière;
Et Nicaise chez lui rentra mourant de faim.
Ce Nicaise, dit-on, mourut dans un grand âge,
Laissant beaucoup d'enfants tous faits à son image.
Même il en est encore un bon nombre ici-bas,
Qui ne sont satisfaits que de ce qu'ils n'ont pas.

L'Ane, page 97.

' L'ANE

—

« Jusques à quand mon nom doit-il servir d'injure ?
  Dit un jour maître Aliboron.
Pourquoi sur les baudets jeter la flétrissure ?
Quel mal avons-nous fait ? que nous reproche-t-on !
L'espèce humaine est bien une sotte pécore.
De titres glorieux cette engeance décore
Le lion qui ne sait lui causer que du mal;
  Tandis que moi, pauvre animal,
Qui près d'elle toujours ai su me rendre utile,
  Je sers de type à l'imbécile.
  Eh bien! puisqu'il en est ainsi,
Je m'en vais à mon tour, gredins, vous nuire aussi. »
Il dit ; et signalant aussitôt son courage,
Il saisit un poulet et l'immole à sa rage.
Mais à l'aspect du sang, plein de trouble et d'horreur,
Mon baudet trop humain sent défaillir son cœur.
  « Ah ! si ce n'est qu'au prix du crime,
Qu'il est permis, dit-il, d'acquérir votre estime,
Cruels dispensateurs de la célébrité,
L'âne à vos préjugés ne fera plus obstacle.
Placez aigle et lion à votre aise au pinacle.
Quant à moi, j'aime mieux ma pauvre obscurité. »

LA CHEMISE

—

A MON AMI CLAUDIUS BELLIN

—

Un prince, enfant gâté d'un roi de la Médie,
   Eut autrefois si forte maladie,
Que déjà devant lui depuis quelques instants
Les portes du tombeau s'ouvraient à deux battants,
    Pour le sauver il fallait un miracle ;
    Aussi le roi, laissant là de vains cris,
    Envoya-t-il deux de ses favoris
    Pour consulter le plus prochain oracle.
L'oracle répondit : qu'en un cas si scabreux
Il fallait qu'on passât, sans perdre une seconde,
      A Son Altesse moribonde
      La chemise d'un homme heureux.
Aussitôt députés de courir par le monde ;
D'entrer ici, puis là ; partout gens affairés
      Satisfaits à divers degrés ;
    Mais d'homme heureux pas la moindre nouvelle.
      Comme ils s'en retournaient contrits
        Au logis,
Iis avisent un rustre, en qui tout leur décèle
Un simple besacier, philosophe indigent ;
N'ayant pour tout habit que des lambeaux de bure,
      Et pour tous souliers la chaussure
      Dont dame Nature en naissant
        Nous fait présent.

Mais sur sa face rubiconde
La santé se montrait dans son plus vif éclat.
Et ce drôle, à coup sûr le plus pauvre du monde,
Paraissait si content qu'on l'eût, sans son état,
Pris pour un aspirant à quelque épiscopat.
Après s'être assurés que, malgré sa misère,
  Cet homme était heureux sur terre,
 Les députés, encor le même jour
   L'amènent à la cour.
Grande joie au palais; mais, hélas! mal assise;
Car, lorsque l'on voulut au prince dans son lit
Porter le vêtement par l'oracle prescrit,
Ou vit que l'homme heureux n'avait pas de chemise.

Qu'advint-il de l'enfant? je ne le dirai point.
Qu'il vécut ou mourut ne nous importe guère;
  Le principal, et c'est le point
  Qu'il faut noter dans cette affaire,
  C'est d'avoir montré qu'il n'est pas
  De personne heureuse ici-bas;
Ou que si, par hasard, il s'en trouve quelqu'une,
L'homme dont les tourments seront les moins nombreux
  Est souvent le plus malheureux
  Sous le rapport de la fortune.

LE LOUP ET LE RENARD

—

Un renard maraudeur, fripon déterminé,
    Pour ses voisins fléau toujours funeste,
      A certain loup de son dîné
      Venait d'enlever quelque reste.
Il n'avait pas encor dépêché son festin,
    Lorsque messire loup survint.
« Qu'est-ce? que mange ici cette bête goulue?
    C'est mon mouton! si je n'ai la berlue.
Certes, voilà, dit-il, un effronté coquin!
Qui t'a permis de prendre une telle licence!
      — C'est la faim; que Votre Excellence
    Pour ma misère ait quelque égard;
J'ai si bon appétit! répondit le renard.
— Ah! fourbe, je vais bien t'en apprendre d'une autre!
    Bon Dieu! quel siècle est donc le nôtre,
    Pour que l'on se permette ainsi
De voler en plein jour, comme ce larron-ci!
Voyez un peu le drôle, il lèche ses babines!
C'est avoir trop de front! j'allais le grâcier;
Mais puisqu'au lieu d'avoir honte de ses rapines,
Le pendard semble encor vouloir me défier,
    Je vais tout droit l'expédier. »
Cela dit, il signa, sans perdre une seconde,
    Son passeport pour l'autre monde.
Ce loup avait, dit-on, très-longtemps fréquenté

L'école de ces bons apôtres
Qui montrent pour la probité
Tant de scrupule et d'âcreté...
Chaque fois qu'il s'agit des autres.

———

LE MEUNIER, L'ANE ET LE SAC

—

Monté sur un roussin d'arcadique origine,
  Gros-Jean s'était mis en chemin.
Devant lui s'élevait certain sac de farine
  Qu'il venait de prendre au moulin.
Déjà nos trois objets avançaient à merveille,
  Lorsque la fatigue, à la fin,
  Saisissant maître Longue-Oreille,
Il s'arrêta tout court, sans respect pour Martin,
  Dont les avis... en bois de saule
  Venaient mourir sur son épaule
  Comme les vents contre un rocher.
Les coups ne servant point, Gros-Jean voulut chercher
Un moyen pour sortir de ce pas difficile;
  Il prend le sac, et sur son dos
  Le charge sans autre propos;
 Puis, remontant sur la bête indocile :
« Voudras-tu, lui dit-il, avancer de nouveau,
Maintenant que c'est moi qui porte ton fardeau? »

6.

Combien est-il de gens, comme lui bons apôtres,
Qui ne demanderaient pas mieux
De supporter le faix des autres...
Pourvu qu'on le portât pour eux !

LA SARCELLE ET LE PERDREAU

Une sarcelle au début de la vie
Cœur excellent, mais terrible étourdie,
Avec certain perdreau se lia d'amitié.
Nos deux amis n'avaient nul souci dans la tête,
Si ce n'est qu'à nouvelle fête
L'un fût tous les matins par l'autre convié.
Cet honneur revenant un jour à la sarcelle :
« Ma foi, mon ami, lui dit-elle,
Au plaisir que dans l'eau vous me voyez goûter,
J'aurais depuis longtemps voulu vous inviter ;
Mais j'attendais qu'à la nature
Le printemps eût jeté sa nouvelle parure.
Aujourd'hui que la fleur brille sur l'arbrisseau
Dont la feuille naissante ombrage ce ruisseau,
Et que le rossignol de son tendre ramage
Charme les échos du rivage ;
Dans cet aimable et frais séjour
Venez du mois de mai célébrer le retour,

 — Moi, qu'avec vous dans cette eau je m'élance!
Mais vous n'y songez point, je serai vingt fois mort
 Avant que d'être à deux pieds loin du bord.
 Autant pour moi vaudrait courir la chance
 De traverser le Styx ou l'Achéron
 Sans acquitter mon tribut à Caron.
 — O le poltron! répondit la sarcelle :
 Regardez-moi, je ne cours nul danger;
 Et cependant de la patte et de l'aile
 Pas plus que vous je n'appris à nager.
Le tout est de quitter résolument la rive;
Le reste, après cela, tout doucement arrive.
Quand vous serez entré quatre ou cinq fois dans l'eau,
  Je gage que dans ce ruisseau
Vous voudrez près de moi rester toute la vie. »
L'autre eut beau protester qu'il n'avait nulle envie
De goûter les douceurs de l'humide élément;
  On le pria si fortement,
 Que de céder il commit la sottise.
 A peine entré, le voilà qui s'émeut;
 Pousse des cris, se débat comme il peut;
 Plonge, paraît, s'affaiblit, agonise;
Et, peu d'instants après, rend le dernier soupir
Avant que son amie ait pu le secourir.
Qu'on juge du chagrin de la pauvre sarcelle!
Il est de ces douleurs que l'on ne dépeint pas.
Lorsqu'elle eut du perdreau déploré le trépas :
» Bien fin qui désormais m'attrapera, dit-elle,
A rendre mes amis heureux à ma façon!
Mais, hélas! de quel prix j'ai payé la leçon! »

LE JEUNE CHAT

—

Pendant que les autans se battaient dans la plaine,
Que l'hiver sur les monts étendait son manteau,
Un jeune chat, sortant à peine du berceau,
    Grelottait sous leur froide haleine.
Il gisait dans un coin sur lui-même roulé,
Pensant qu'il se pourrait garantir de la sorte
Du froid qui s'engouffrait dans les trous de la porte.
    « Eh quoi! petit écervelé,
Lui dit un vieux carlin à l'humeur complaisante,
    N'avez-vous pas vu ce foyer
Où pétillent gaîment la vigne et le noyer?
Allez donc implorer sa chaleur bienfaisante.
Convient-il de geler sottement dans un coin,
Quand de nous réchauffer notre maître a pris soin? »
L'autre, qui ne savait trop quel prétexte prendre
Pour approcher du feu dont sa timidité
    Seule le tenait écarté,
A l'appel du carlin s'empressa de se rendre.
Mais au lieu d'approcher le feu de quelques pas,
Comme tout chat prudent doit agir en ce cas,
    Il y donna tête baissée,
    Ainsi qu'une bête insensée.
« Oh! oh! dit-il alors, se mettant à crier,
    Serviteur, monsieur le foyer!
Un si brûlant accueil peut beaucoup plaire à d'autres;
    Pour moi, je ne suis plus des vôtres! »

En achevant ces mots, il courut se cacher,
Malgré ce que le chien fit pour l'en empêcher.
Ce chat ne connaissait pas un mot de physique,
Me diront les savants; j'en conviens; mais aussi
      Avec moi convenez ici
Qu'il ne fit des humains qu'imiter la logique.
Combien en voyez-vous — pour moi j'en connais peu —
Qui sachent conserver la route du milieu?
Des langes au tombeau, nous penchons vers l'extrême,
Et *medio virtus* n'est pour nous qu'un problème.

LE CERF ET LE LAPIN

—

Un cerf près d'un lapin — paisibles personnages —
Broutait innocemment dans de gras pâturages,
Lorsque, pour leur malheur, un fils de Saint-Hubert
Vint près d'eux, et voilà le couple découvert.
Aussitôt de courir; c'étaient gens fort ingambes
Qui, bien souvent déjà, n'avaient dû qu'à leurs jambes
Le salut de leur tête. Hélas! pour cette fois,
La fortune à l'un d'eux devait être contraire.
Ils n'avaient pas le choix dans leur itinéraire;
Derrière était la meute, et par devant, un bois.
    C'est dire assez le parti qu'ils choisirent,
    Et dans quel sens leurs jarrets se tendirent.

Entrés dans la forêt, le lapin se blottit
Au fond du premier trou qu'il vit sur son passage.
   En vain Castor d'assez près le sentit;
    N'y pouvant mordre, il en perdit courage;
Menaça fort, disant : « Si quelqu'un sort de là,
Palsambleu! je le tue! » Et puis il s'en alla,
Laissant en paix Jeannot, qui put longtemps encore
     Rendre ses devoirs à l'aurore.
Quant au cerf, il eut beau cent fois mettre en défaut
    Sultan, Mylord, Fox et Briffaut;
     Comme il ne put, grâce à sa taille,
     Suivre l'exemple du lapin,
     Il lui fallut livrer bataille,
Et du vaincu bientôt subir l'affreux destin.

    Au jeu du sort, comme au jeu politique,
   Moins on est grand plus on est à couvert.
     Ce proverbe à ces jeux s'applique
    Au moins autant qu'à ceux de Saint-Hubert.

L'HIRONDELLE ET LE MOINEAU

—

« Comment donc faites-vous, disait à l'hirondelle
Un moineau, franc bavard et larron consommé,
    Comment donc faites-vous, la belle,
Que l'homme contre vous ne soit point animé ?

Pour moi, depuis que Dieu m'a mis en ce bas monde,
Je n'ai pas quatre fois, sauf étant tout petit,
     Mangé selon mon appétit,
    Tant pour moi sa haine est profonde.
Je ne puis faire un pas ; car sitôt qu'il me voit
      En quelque endroit,
Il s'arme jusqu'aux dents, me déclare la guerre
Et me lance aussitôt la foudre et le tonnerre.
    Si c'est ma qualité d'oiseau
    Qui le met si fort en furie,
Pourquoi ne s'acharner qu'après moi, je vous prie ?
— Eh bien ! écoutez-moi, malheureux étourneau,
    Répond l'hirondelle au moineau ;
Voulez-vous être aimé ? la chose est très-facile ;
Au lieu de nuire aux gens sachez leur être utile.
— Vous aussi ! dit alors, tout près de sangloter,
Notre pauvre moineau pris de douleur profonde ;
Vous aussi, vous croyez mon destin mérité !
Hélas ! je le vois bien, ma belle vagabonde,
    Quand un préjugé court le monde,
    C'est le diable pour l'arrêter. »
Tous deux avaient raison ; leur morale était sage.
Seulement l'hirondelle alors ne savait pas
Que les pauvres moineaux qu'on traite en parias
    Font plus de bruit que de dommage.

LES DEUX CHASSEURS

—

Dans les déserts de la Mauritanie,
Deux chasseurs musulmans trottaient de compagnie,
Lorsque l'un d'eux aperçut un lion :
« Oh ! ho ! voilà, dit-il, une superbe proie
    Que la fortune nous envoie.
    Quelle admirable occasion
    De signaler notre courage !
Je vais sur ce gaillard fondre comme un orage;
Regardez bien. » Disant ces mots, il fait trois pas.
    Maître Léo, qui ne s'arrête pas
    Aux vains discours que le chasseur débite
S'avance avec dessein de faire bon repas
    Du fanfaron qui s'enfuit au plus vite
    Et près de son ami s'abrite
En un lieu sûr. « Eh bien ! dit l'autre compagnon,
    L'avez-vous tué ? — Ma foi, non;
Malgré tout mon désir de lui chercher querelle,
Je n'ai pas eu le cœur de trouer peau si belle.

L'ÉCUREUIL ET LE LAPIN

—

Un petit écureuil laborieux et sage
    Vivait jadis en voisinage
D'un lapin grand dormeur, philosophe indolent,
    Aux paresseux trait pour trait ressemblant.
Tous les deux ils s'aimaient. Amitié singulière,
Si je ne disais pas que Jeannot, le brouteur,
Ainsi que son ami le rongeur d'aveline,
    Avaient reçu du Créateur
Une âme douce et tendre, à l'indulgence encline.
Mais il n'importe. Un jour que le peuple lapin,
De peur des vents du Nord, dont la bruyante haleine
    Déjà frissonnait dans la plaine,
Remplissait ses greniers creusés sous un sapin,
Seul notre paresseux, à l'écart sur l'herbette,
    Ecoutait chanter la fauvette.
L'écureuil l'aperçut, et, s'approchant de lui :
« Mon beau voisin, dit-il, profitez aujourd'hui
    Du temps qui vous permet encore
    De mettre en grange votre thym.
    Hâtez-vous ; j'ai vu par l'aurore,
    Que le temps n'est pas très-certain.
    — Que voulez-vous que je me lasse !
Répondit le lapin ; faut-il que j'en ramasse,
    Quand un lièvre de mes amis
    M'en a promis ?
Tout au moins attendons qu'il revienne en son gîte. »
On l'attendit, mais en vain, jusqu'au soir ;

Ce jour-là même on venait de l'asseoir
A l'état de civet au fond d'une marmite.
« Maintenant, croyez-moi; remuez-vous bien vite,
Dit l'écureuil; allez; que la patte et les dents
   Tâchent de regagner le temps
Que vous avez perdu; voyons! que l'on s'agite!
— Chaque chose a son temps; dormons; vous savez bien
Que le travail de nuit ne valut jamais rien,
Dit le lapin. D'ailleurs, sans tarder davantage,
Demain, sans y manquer, je me mets à l'ouvrage. »
Mais le ciel en avait autrement décidé.
Un vent impétueux par le froid secondé,
Et qui jusques au cœur alla frapper le chêne,
Gela, dans cette nuit, tout le thym de la plaine.
Le lapin, se voyant lors pris au dépourvu,
Alla de porte en porte implorer assistance ;
Mais on se rit de lui ; car chacun l'avait vu
 Rêver aux oisillons plutôt qu'à sa pitance.
   L'écureuil seul au malheureux
   Sut montrer un cœur généreux.
Un véritable ami jamais ne nous fait faute.
Celui-ci, dès qu'il vit chez lui venir son hôte,
   Mena l'habitant des terriers
    Vers ses greniers :
« Vous voyez tout ce thym d'une espèce très-bonne;
Il est à vous, dit-il, ami, je vous le donne.
Plus prévoyant que vous, pour vous je l'ai cueilli;
   Et comme vous avez failli
Mourir de faim, soyez une autre fois plus sage.
   Vous avez, Dieu merci! bien vu
   (Rappelez-vous donc cet adage)
Qu'il ne nous faut jamais compter sans l'imprévu. »

UNE ERREUR DE SATURNE

—

On m'a dit qu'autrefois, alors que notre terre
   Dans le chaos cessa de s'agiter,
      Saturne voulut, en bon père,
      De quelques vertus nous doter;
   Mais le pauvre homme y perdit bien sa peine,
 ·Car dans le champ de la nature humaine,
      Quand il semait quelques vertus,
L'Egoïsme enlevait la moitié de la graine
   Et l'Indolence amassait le surplus.

———————

L'ANE, LE LOUP ET LES DEUX LIÈVRES

—

     Deux lièvres se devaient battre
     Pour une affaire d'honneur,
Les lièvres sur ce point sont des diables à quatre,
     Quoi que l'on ait dit de leur peur.
     Pourtant contre leur ordinaire,
Ils étaient, ce jour-là, d'humeur fort débonnaire.
     Aussi chacun eut-il le soin
     De se munir d'un bon témoin,

Qui se devait battre à sa place.

L'un prit un loup de belle race;
L'autre un âne galeux à qui Martin–bâton
Avait pendant quinze ans lustré le poil, dit-on.
Mais c'était un gaillard enfant de la Garonne,
A qui toute victoire est bonne.
Bref, par un changement complet,
Hélas! très-commun en ce monde,
Car l'histoire en tels faits abonde,
Nos deux brouteurs de serpolet
Qui devaient s'égorger naguère,
Furent spectateurs de la guerre,
Tandis que leurs témoins s'en allaient de leurs jours
Pour eux interrompre le cours.
On aurait cru voir l'Angleterre...
Mais je m'allais laisser distraire
De mon sujet;
Revenons vite à notre objet.
Or, pendant que le loup au combat se prépare,
Croyant déjà sortir vainqueur de la bagarre,
Le baudet tout à coup de sa plus forte voix
Va fouiller le secret des bois.
Maître Garou surpris de ce tonnerre,
A détaler longtemps ne délibère,
Et notre âne aisément triompha de l'absent.
Faites beaucoup de bruit, on vous croira puissant.

L'ALOUETTE ET LE ROSSIGNOL

—

L'alouette, un beau jour, rencontrant Philomèle :
« Les oiseaux, par ma foi, sont bien fous, lui dit-elle,
A mes savants accords préférer vos chansons !
     Où, diantre, ont-ils pris des leçons?
Quand on connaît si peu les lois de la musique,
On ne devrait jamais se mêler de critique. »
Le rossignol piqué d'un si sanglant affront :
« Voulez-vous, lui dit-il, pour arrêter nos titres,
     Prendre les hommes pour arbitres?
— Oui, dit l'autre : on verra ce qu'ils décideront. »
Les humains appelés tout d'abord entendirent
Le chantre des bosquets, aux merveilleux accents,
Tantôt vifs et pressés, et tantôt languissants;
     Et de bon cœur ils applaudirent.
L'alouette elle-même avoua que parfois
Ce n'était pas trop mal pour un oiseau des bois.
« Mais attendez un peu qu'à mon tour je m'y mette !
Voyons ! attention ! je serai bientôt prête.
Messieurs, écoutez bien; m'y voici maintenant. »
     Disant ces mots, elle prend sa volée,
Et dans les airs disparaît en tournant,
     Droit au-dessus de l'assemblée.
     Déjà depuis quelques instants
     Les yeux de tous les assistants
S'efforçaient, mais en vain, de retrouver sa trace
     Dans l'espace :

Lorsque l'un deux s'écria tout à coùp :
« J'ignore si ma vue en est ici la cause,
    Mais certes, ni peu, ni beaucoup,
    Je ne vois pas la moindre chose.
— Ma foi, ni moi non plus ne vois et n'entends rien,
    Dit une seconde personne.
Cependant, grâce au ciel! j'ai l'oreille assez bonne;
Et Dieu sait si j'écoute et je regarde bien! »
Une autre qui sondait avec soin l'étendue
En dit autant; et, certe, aucune n'avait tort.
Car, après avoir pris tout à coup son essor,
L'alouette si haut ne s'était suspendue
    Que pour être à peine entendue.
    On prétend qu'il est des auteurs
Qui de cette alouette imitant la conduite,
    Ne se perdent dans les hauteurs
Qu'afin d'y dérober leur incertain mérite.

LE FURET ET SES CONFIDENTS

Garder tous ses secrets est d'un être égoïste.
L'homme a souvent besoin de répandre son cœur;
Mais il faut en cela se montrer rigoriste
Et de ses confidents éprouver la valeur.
Voici comment s'y prit un furet pour connaître
Celui que d'un secret il pouvait rendre maître.

A tous ceux qu'il croyait être de ses amis
Parce qu'ils fréquentaient quelquefois son logis,
Il racontait un fait qu'il disait d'importance ;
    Mais en ayant bien soin toujours
    De varier tous ses discours,
Et d'inviter chacun au plus profond silence.
Tous connaissant ainsi des secrets différents,
Ou tout au moins des faits que tels ils pouvaient croire,
Il devenait aisé parmi les confidents,
De connaître celui qui divulguait l'histoire.
Après quatre ou cinq jours, lorsque notre furet
Établit le bilan des gardeurs de secrets,
Il n'en trouva que deux pour qui tant de mystère
Ne sembla pas devoir être un fardeau trop lourd :
L'un était un poisson et l'autre un ver de terre ;
    Tous deux muets, le dernier sourd.

LE CHARANÇON, LE LIMAÇON ET LE RAT

—

S'il faut s'en rapporter aux *on dit* de l'histoire,
    Jadis aux bords de la mer Noire
    Vivait tout près d'un charançon
      Un limaçon.
Ce n'est pas tout ; logé sur les mêmes rivages
    Un certain bonhomme de rat
    Complétait le triumvirat.

Nul avec eux n'habitait ces parages.
Hélas! la solitude est la sœur du trépas;
Il faut, autant qu'on peut, vivre ensemble ici-bas.
Nos trois maîtres nigauds le savaient à merveille;
Mais comme ils entendaient fort peu de cette oreille,
 Ces triples sots ne se fréquentaient pas.
 Las cependant d'une telle existence,
 Le charançon se hasarde un matin,
Etant le plus petit, d'aller chez son voisin
 Et de lui faire une première avance.
« Qui frappe là ?—C'est moi.— Qui moi?— Le charançon,
Qui viens pour saluer le seigneur Limaçon.
— Et que me voulez-vous? — Vous rendre une visite.
— Une visite! à moi? je vous trouve étonnant :
Allez ronger vos blés, petit impertinent;
Ou je vous fais d'ici déloger au plus vite.
 En vérité, ces charançons
Vous ont du savoir-vivre autant que des maçons! »
 On se le tint pour dit. Sur l'heure
Le charançon confus regagna sa demeure,
 Prenant tous les dieux pour garants
 Qu'il n'aurait plus affaire aux grands.
A quelque temps de là, notre orgueilleux ermite
S'ennuyant à son tour d'être seul en son gîte,
Plus fier qu'un député qu'on élève au sénat,
D'un pas de magister alla trouver le rat :
« Qui frappe?—Moi.—Qui moi?— Le marquis de Limace
Le dernier rejeton de cette illustre race.
— Bien! bien! Que voulez-vous, monsieur le limaçon?
 — Je viens à Votre Seigneurie
 Rendre visite sans façon.
 — A moi ! depuis quand, je vous prie,

Petit mangeur de choux, me suis-je encanaillé ?
Allez ! allez trouver quelque déguenillé
    Chez les bestioles vos pareilles,
Mais ne me rompez plus de cela les oreilles. »
Qui se le tint pour dit ? ce fut notre orgueilleux
    Qui rentra chez lui tout honteux.
On dit que bien des gens, au fond de l'Angleterre,
Ont de ces animaux le triste caractère.
    On ose même, je le sais,
Prétendre qu'il s'en trouve aussi chez les Français.

LE SERPENT ET LES CIVETTES

—

Au milieu d'un troupeau de paisibles civettes
    Un hideux serpent à sonnettes
    Vint de ses lares paternels
    Un beau jour dresser les autels.
    Il avait promis d'être sage
    Et d'exempter de tout ravage
Les civettes, leurs biens et ceux de leurs amis.
C'est pourquoi dans leur sein le fourbe fut admis.
Plus d'un lecteur, songeant à sa scélératesse,
Croira que le serpent ne tint pas sa promesse.
    Erreur ! ce quadruple assassin
Vécut, tout au contraire, ainsi qu'un petit saint ;

Se montrant envers tous doux, complaisant, affable,
Quelque peu dévot même, et pourtant charitable.
Enfin il fit si bien, que lorsqu'il expira,
    Petits et grands, tout le monde pleura;
      Sauf un renard, rusé compère
      Qui connaissant tout le mystère,
      Apprit au peuple civetin
Que, par un accident, privé de son venin,
Le serpent ne fut bon que parce qu'au messire
Il était depuis lors impossible de nuire.
Belle vertu, ma foi, que celle de ces gens
      Dont la bonté de circonstance
      N'est rien autre que l'impuissance
De se livrer à leurs mauvais penchants.

LE MANCHE ET LA LAME DU POIGNARD

—

    Certain poignard mauvais drôle,
    Vrai Cartouche au meurtre rompu,
    Se vit un jour dans son rôle
    Par la police interrompu.
Lorsque devant la cour on évoqua la chose,
De son salut le manche ardemment occupé,
    Voulut qu'on séparât sa cause
De celle de l'acier, principal inculpé.

Déjà tous les jurés, ne sachant que résoudre,
    Penchaient cependant à l'absoudre;
    Lorsque l'acier, tant bien que mal,
    Tint ce discours au tribunal :
« Messieurs, point de pitié pour ce manche hypocrite!
    Infligez-lui la peine qu'il mérite.
Lui qui si lâchement m'abandonne aujourd'hui,
Dans le chemin du crime il m'a toujours conduit.
Sans lui, peut-être encor réduit à l'impuissance,
Je passerais mes jours au sein de l'innocence.
Puisqu'il est, pour le moins, aussi fautif que moi,
Nous devons tous les deux subir la même loi.

LES DEUX RATS

—

    Deux rats, s'aimant d'amitié tendre,
    S'en allaient à travers pays;
    Besaces, pertes et profits,
Tout était en commun, ainsi qu'on doit l'attendre,
    De deux rats qui savent s'entendre.
Les débris de fromage, et de lard et de noix
Qu'ils trouvaient ou prenaient quelquefois en maraude,
    Tout se pesait au même poids,
    Sans qu'on songeât le moins du monde à fraude,
Comme en usaient, dit-on, les hommes d'autrefois.

Aussi, dans leurs moments de jeûne et de prière,
Le Seigneur était-il par eux félicité
    De les avoir, dans sa bonté,
Tout exprès l'un pour l'autre envoyés sur la terre.
    Tant qu'ils n'eurent à partager
Que petits rogatons aisément partageables,
Rien à rompre la paix ne les vint engager;
Et les serments semblaient, cette fois, nés viables.
    Mais au livre des Destins
    Il est écrit que sur terre
    Rats entre eux vivront en guerre,
    Comme entre eux font les humains.
    Aussi, lorsque d'aventure
    Nos amis firent capture,
    Dans les combles d'un donjon,
    D'un superbe œuf de pigeon,
Cet œuf que la Discorde en oiseau transformée,
Pour leur perte, sans doute, avait exprès pondu,
    Fit envoler en fumée
    Leur concorde accoutumée;
    Paix, amour, tout fut perdu,
    Chacun voulant, pour mieux vivre,
    Ne partager... qu'avec soi,
    Coups de dents durent s'ensuivre,
    Et bien d'autres coups, ma foi.
    Tant est qu'en cette occurrence
    L'on se houspilla si bien,
    Qu'on se perfora la panse
    L'un à l'autre, en moins de rien.
    Des rats telle est la méthode.
    L'égoïsme étant leur code,
    S'ils n'ont rien, parfait accord.

Mais dès qu'entre leur tendresse
Un gros intérêt se dresse,
Les voilà brouillés à mort.

LE CHIEN ENRAGÉ

Un homme avait un chien auprès de qui Cerbère
    Eût pu s'instruire en son métier.
    C'était la terreur du quartier,
Tant il était la nuit vigilant et sévère!
Le bonhomme autrefois des voleurs maltraité,
Voyait, grâce à son chien, son verger respecté,
    Sa vigne intacte et sa récolte entière.
    Mais de voisins qui depuis très-longtemps
    Avaient appris à vivre à ses dépens,
    Tant de vertu ne faisait point l'affaire.
Or, pour que son devoir fût si peu négligé,
Ce chien évidemment devait être enragé;
    Rien de plus clair. Dans tout le voisinage
Il fut certain bientôt que Turc avait la rage.
Le maire instruit du fait, on parut devant lui,
Pour le procès de Turc. « Çà, procédons par ordre,
Dit le maire. Voyons; vos preuves à l'appui?
— Il a mordu nos chiens et nous a failli mordre.
— Il suffit; je vous vois justement alarmés.
Ce chien-là doit périr; mais comme aussi les vôtres,

Ayant été mordus peuvent en mordre d'autres,
J'entends qu'à l'instant même ils soient tous assommés.
Le méchant se croit fin, alors que sa malice
Forme presque toujours son unique savoir.
Comme il faut tôt ou tard qu'un fourbe se trahisse,
La meilleure finesse est de n'en pas avoir.

LES PIGEONS, LE MILAN ET LE FAUCON

Un milan aux pigeons faisait si rude guerre,
Qu'il les eût plumés tous, si l'on n'eût à ce train
     Pensé de mettre un frein.
Les députés de la gent pigeonnière
Allèrent donc en tous pays volant
Pour trouver un héros et fort et vigilant
Qui défît au besoin monseigneur le Milan.
Le faucon fut choisi pour remplir cet office.
Lui, d'abord de Tibère imitant l'artifice,
     Refusa tout net son service.
    Puis, se laissant à la longue attendrir
Il accepta l'honneur qu'on lui venait offrir.
     Mais à peine Sa Seigneurie,
     Laquelle était encore à jeun,
Vînt-elle, que pigeons virent sa fourberie;
L'allié les croqua, n'en épargnant aucun.
Ils apprirent ainsi, mais trop tard, à connaître
Qu'appeler un sauveur, c'est appeler un maître.

Le Chat et les chiens, page 12[?]

LE CHAT ET LES CHIENS

—

C'est du juge souvent que dépend la sentence
Qui pourtant ne devrait dépendre que des lois.
Tel s'est vu pour un rien conduire à la potence
Qui chargé de forfaits s'échappa bien des fois.
Un chat (ce nom-là seul vaut un panégyrique)
Qui sur le bien d'autrui savait faire sa part,
Tout comme un financier de la race hébraïque,
Eut toujours le bonheur, soit adresse ou hasard,
De ne jamais fournir à la magistrature
Même ombre d'un prétexte à quelque procédure.
Ce malandrin un jour s'étant glissé sans bruit
Dans le pré dont un chien possédait l'usufruit,
Fut pris par le mâtin : « Ah ! je te tiens, canaille !
    C'est donc toi qui viens ravager
    Les pommes de notre verger !
Suis-moi. » Disant ces mots il saisit le coupable ;
Le traîne au tribunal où huit ou dix malins,
Epagneuls, lévriers, dogues, roquets, carlins,
    Siégeaient d'un air grave et capable :
« C'est toi qu'on a surpris dans le pré de ce chien ?
Lui dit le président. — Oui, monsieur. — C'est fort bien
On avoue, il suffit ; terminons l'audience.
Gendarmes, conduisez ce chat à la potence. »
    Quoique son délit ne fût rien,
    On pendit mon chat bel et bien.
Le mal n'était pas grand à voir pendre un tel sire ;
Sans doute ; mais encor fallait-il, à vrai dire,

De ses forfaits réels punir le scélérat;
Juger le crime et non le chat;
Car c'est avilir la justice
Que de nos passions la rendre la complice,
Aussi comme on l'a dit fort bien,
Pour juger un matou ne prenez pas un chien.

L'ARAIGNÉE ET LA GIROUETTE

—

Une jeune araignée, excellente ouvrière,
Mais un peu fière,
Et qui de ses filets tremblants
Eût rougi d'honorer quelque pauvre chaumière,
Alla dans un palais produire ses talents.
Mais, Dieu sait comme on lui fit fête!
A peine sa toile était prête,
Qu'un balai, de l'office accourant au grand trot,
Enleva l'ouvrage aussitôt.
L'insecte cependant, doué de patience,
Dans un autre coin recommence.
Mais, à chaque nouvel essai,
Toujours nouveau coup de balai.
Indignée à la fin d'un si sanglant outrage,
Ma bête du premier monte au second étage
Et de là tout droit au grenier
Où les balais régnaient aussi bien qu'au premier.

Comme on nuisait partout au travail de ses pattes,
Il fallut sur les toits établir ses pénates.
Le temps étant fort beau, la dame en profita
Pour chercher quelque endroit pour déployer sa tente.
Pendant que sur les toits elle errait mécontente,
   Un girouette l'arrêta.
  « Où courez-vous ainsi la belle?
   — Je suis artiste, lui dit-elle;
Et je viens de là-bas, de chez des insolents
Qui, loin de protéger mon art et mes talents,
   Me traitant d'animal immonde,
   M'ont sans pitié ni sans délai,
   Fait mettre aujourd'hui par leur monde
   Dehors à grands coups de balai.
— C'est mal. Mais voulez-vous finir votre odyssée?
Attachez-vous à moi, je suis très-haut placée.
Dieu merci! je n'ai pas un esprit querelleur,
Et je sais les égards dus à votre malheur.
Vous jouirez ici d'un coup d'œil magnifique;
N'aurez à redouter maître ni domestique,
   Ni les balais de la maison;
Et vous attraperez des mouches à foison.
Acceptez-vous? — Oui. — Bon! et foin de la vergogne! »
L'araignée aussitôt se mit à la besogne.
De crainte de manquer l'heure de son dîné.
Mais son travail à peine était-il terminé,
Que la bise accourut, et, soufflant avec rage,
Fit tourner la girouette et détruisit l'ouvrage.
Une seconde toile est ourdie à l'instant;
Mais dame bise vient de nouveau l'interrompre;
  Nouvelle toile et nouveau coup de vent;
Girouette de tourner et toile de se rompre,

Lasse enfin d'amuser Éole à ses dépens :
« Je vois qu'il faut encor déloger de céans,
Dit l'araignée ; eh bien, délogeons au plus vite.
Adieu, belle girouette ; il faut que je vous quitte ;
Mon cœur de tous vos soins garde le souvenir ;
   Mais à quelqu'un qui, pendant la tempête,
   Au gré des vents abandonne sa tête,
Je me garderai bien désormais de m'unir.
D'ailleurs, foin des palais où jamais on ne goûte
   Ni bonheur ni tranquillité !
Et du diable, ma foi, si désormais j'écoute
   Les conseils de la vanité ! »

LE PINSON PRONONÇANT L'ORAISON FUNÈBRE DU ROITELET

—

Un roitelet mourut : un pinson grand phraseur,
Fléchier de son espèce, et partant beau diseur,
Résolut d'honorer d'une oraison funèbre
Le défunt qui n'avait rien fait de bien célèbre.
   « Messieurs, dit-il, le trépassé
   Dont gît ici la dépouille mortelle,
   N'a point d'égal dans l'époque actuelle,
     Et n'en eut point au temps passé.
    Bien que né d'une race illustre,
   A son mérite il devait tout son lustre.

Aigle par le courage et lion par le cœur,
Il fit en mille endroits éclater sa valeur.
Prudent, laborieux, modeste, serviable,
Envers les plus petits il se montrait affable,
    Mais ce qui doit nous étonner le plus,
C'est que pas un défaut n'a terni ses vertus. »
    Ainsi parlait notre panégyriste.
    Notez encor que j'abrége la liste
    Des qualités dont l'éloquent pinson
      Crut devoir doter sans façon
Le défunt qui sans doute en eût crevé de rire
Si les morts entendaient ce que d'eux on peut dire.
Pendant que l'orateur s'escrimait de son mieux,
Un lapin se glissant parmi les curieux :
« Quel est, demanda-t-il, le héros que nous vante
Cet éloquent oiseau dont le débit m'enchante?
    — Un roitelet ! lui fut-il répondu
— Un roitelet, reprit le lapin confondu.
Si pour des roitelets on fait un tel ramage,
Que fera-t-on, bon Dieu ! quand des aigles mourront?
Rendre à pareil défunt un si grotesque hommage,
C'est faire, à mon avis, œuvre d'Aliboron.

———

LE SCULPTEUR, LE SAINT ET LE PAYSAN

Un sculpteur avait fait emplette
Du billot d'un poirier pour y tailler un saint.
Dès que son œuvre fut complète,
De l'exposer il forma le dessein.
C'était au centre de l'Espagne,
Ce charmant pays de Cocagne
Pour les gens qui logent aux cieux.
Aussi vit-on bientôt la ville et la campagne
Courir auprès du saint, et faire au bienheureux
L'accueil le plus respectueux.
Un manant seul dans cette multitude
Conservait une autre attitude,
Et souriait au bois sculpté
D'un air plein de malignité.
Surpris de cette inconvenance
L'artiste tout d'abord voulut se récrier.
Mais le manant lui dit : « Taisez-vous par prudence
Pour moi, votre magot point ne veux le prier.
Comment pourrais-je en conscience
Honorer ce saint-là que j'ai connu poirier ? »

LE CHÊNE ET LE BRIN D'HERBE

—

Déjà sous les efforts d'une hache implacable
Un chêne altier voyait sa tête se courber :
« Qu'ai-je donc fait? dit-il; de quoi suis-je coupable
Pour qu'ainsi le malheur sur moi vienne tomber?
   Parmi tant de races infimes
Qui rampent à mes pieds, dis, ô Destin jaloux,
   N'est-il pas assez de victimes
   Qui puissent périr sous tes coups,
Sans choisir de ces bois l'hôte le plus illustre
  Pour le livrer aux outrages d'un rustre? »
  — Modère un peu ton langage hautain,
  Lui répondit un modeste brin d'herbe;
Crois-tu donc être seul le jouet du Destin?
Non; depuis le fétu jusqu'au chêne superbe,
Nous sommes tous sujets aux caprices du sort
Qui frappe, sans choisir, et le faible et le fort.
   Telle est la loi de la Nature.
Si l'on aperçoit moins les malheurs que j'endure
Que ceux de tes pareils, quand le sort les poursuit,
C'est parce que je fais en tombant moins de bruit. »

LE JEUNE RAT

—

Un rat voulait se mettre en son petit ménage...
Il venait de conclure un très-beau mariage
Avec une souris fort riche et de son choix,
Dont la dot s'élevait à quatre ou cinq cents noix,
    A prendre chez le voisin Pierre.
Ce n'était, certes, point un apport ordinaire;
Mais le père du rat, moraliste pointu,
Qui préférait encore à l'argent la vertu,
    Comme si ce goût incommode
    Etait de nos jours à la mode!
    Avâit prévenu son petit
    Qu'il ne goûtait pas ce parti
    Parce que, dans le voisinage,
    Sur la future on débitait
    Certain bruit qui s'accréditait
    Et qui lui donnait de l'ombrage.
On prétendait (ceci doit rester entre nous)
Que, séduite au moyen d'un morceau de fromage,
    Notre souris du mariage
    Avaits pris quelques avant-goûts.
Moi-même fort longtemps l'ai cru ; mais dans la suite
    J'ai su que toute sa conduite
    Fut, pour ce qui tient à cela,
    Irréprochable jusque-là...
Bon ! me voici bien loin de ma phrase première.
Je disais donc qu'un rat, en fouillant des débris
    Pour s'y mettre avec sa souris,

Découvrit un morceau de verré.

Pour lui qui n'était lapidaire

Pas plus que moi qui m'y trompe aisément,

Il prit l'objet pour un beau diamant

Et l'enferma soigneusement.

A quelque temps de là, mon rat, chez un libraire

S'étant rendu de grand matin,

Lut, en rongeant un exemplaire

D'un ouvrage écrit en latin,

Cet adage banal d'assez pédante allure :

« La meule de l'adversité

« Est l'éprouvette la plus sûre

« Du diamant de la fidélité. »

Exerçant aussitôt sa petite jugeotte :

« Ah! dit-il, qu'on s'instruit aux livres qu'on grignotte!

Et que ce bouquin parle d'or !

Un trésor incertain ce n'est pas un trésor,

Aussi vais-je bien vite appliquer cet adage

Au diamant trouvé lors de mon mariage. »

Cela dit, il s'en va déterrer le bijou ;

Puis, le frottant sur un caillou,

Lui fait perdre à l'instant sa clarté primitive,

L'épreuve fut, dit-on, pour le rat instructive.

Pour moi, je n'en userai point

Envers mes amis, si j'en trouve.

Je veux les croire vrais, sans autre ; et sur ce point,

Bien fou, ma foi, qui les éprouve!

LE RENARD ET LE LOUP

—

Saint-Renard un beau jour se mit
En tête de faire un voyage.
Peu de volaille au sac, mais fort bon appétit,
Tel était alors son bagage.
Il voyageait de nuit pour plus de sûreté ;
Car le moindre chemin de jour est infesté
D'animaux malfaisants à deux pieds et sans plume,
Qui de fêter mon saint ont assez peu coutume.
Arrivé près d'un lieu qu'il savait contenir
Poules, faisans, canards et mainte autre volaille,
Sachant ce qu'il pouvait par douceur obtenir,
Le galant résolut de leur livrer bataille.
Déjà la place avait subi plus d'un assaut,
Lorsqu'un loup qui par là faisait aussi sa ronde
Vint à hurler ; mon renard aussitôt
Pique des deux sans perdre une seconde.
Car notre sire était, comme le sont beaucoup,
Terrible envers la poule et lâche auprès du loup.

LE LOUP QUI ÉCHOUE
ET LE LOUP QUI RÉUSSIT

Un loup, remuant personnage,
Et qui passa dès son jeune âge
Pour le sire le plus glouton
Qu'on pût trouver dans le canton,
Résolut, par un coup d'audace,
D'illustrer lui-même et sa race.
A cet effet il forma le dessein
D'enlever au lion le royal diadème;
Après quoi, pour fruit du larcin,
Il devait le ceindre lui-même.
Le projet était beau, sinon fort délicat;
Mais la morale aux loups fut toujours lettre close;
Du reste, l'on prétend que plus d'un avocat
Envers et contre tous aurait plaidé sa cause.
Notre sire pouvait donc bien,
Quoique fieffé larron s'estimer loup de bien.
Le sort aux scélérats n'est pas toujours propice
Et quoique plus d'un réussisse,
On en voit échouer plus d'un;
Sans pour cela que le fait soit commun.
Or, le nôtre échoua par défaut de prudence.
Dès qu'on sut son échec dans les bois d'alentour,
Ce fut à qui ferait sa cour
Au lion, ainsi qu'on le pense.
Quant au conspirateur, chacun tomba d'accord
Que c'était un coquin qui méritait la mort.

Aussi, sur l'ordre exprès de quelques bons apôtres,
Le pendit-on pour l'exemple des autres.
Deux mois après, un loup moins maladroit
Forme un complot, réussit à merveille,
Et, simple gueux encor la veille,
Le lendemain s'érige en roi.
Dieu sait alors combien on vanta son courage !
Ses rares qualités, ses vertus d'un autre âge ;
Evidemment il semblait être né
Pour que l'État fût par lui gouverné !
Ainsi même conduite est absoute ou honnie
Selon que du destin on soutient les assauts ;
Et le succès toujours enfante le génie,
Alors que les revers n'engendrent que des sots.

LES VICES ET LE CHATIMENT

—

Les Vices, un beau jour, avec leur suite immonde,
Couraient de l'un à l'autre monde
Et faisaient un vacarme affreux.
Tout dépérissait devant eux.
Les serpents qu'ils semaient annonçaient leur passage
Et leur souffle égalait les fureurs de l'orage.
Comme à grand bruit ils triomphaient,
Se délectant les yeux au mal qu'ils avaient fait,

De loin ils virent sur la route
Tout à coup paraître un vieillard
Dont le dos se courbait en voûte
Et qui, lançant sur eux un terrible regard,
Leur cria d'une voix à les mettre en déroute :
« Ah ! mes drôles fieffés, vous me croyiez sans doute
Aveugle, complaisant, débonnaire, couard,
Et pensiez que pour vous je n'étais point à craindre.
Il faut vous détromper : je suis le Châtiment :
      Et, quoique marchant lentement,
      Je saurai toujours vous atteindre. »

LE CHAT-HUANT ET LES MOINEAUX

Dans un donjon tout en ruine,
Un chat-huant avait établi sa cuisine.
    Bien qu'il vécût au fond d'un trou,
    En véritable loup-garou,
Il y passait son temps sans trouble, sans envie,
Et s'estimait heureux de son genre de vie.
    Mais il advint qu'un beau soir
    Arriva dans son manoir
    Toute une bande effroyable
    De moineaux, brouillons en diable.
    Dès ce jour, adieu pour lui

Sommeil, paix et quiétude;
Avec dame solitude
Tout son bonheur avait fui.
Il fallut avant l'aurore
Se préparer à plaider;
Et quelquefois même encore
Le soir se barricader.
Las de tant de hardiesse.
« Or ça! dit-il sans détour,
Si tout ce train-là ne cesse,
Prenez garde qu'à mon tour,
Intervertissant nos rôles,
Je vous fasse, petits drôles,
L'une ou l'autre de ces nuits,
Expier mes jours d'ennuis.
La troupe à cette menace,
De rire éclata quasi :
« Tu n'auras pas cette audace!
— Non? Eh bien, revenez-y! »
Les moineaux point n'y manquèrent;
Et le lendemain matin
De plus belle ils se moquèrent
De leur paisible voisin.
Mais lorsque sur les décombres
La nuit eut jeté ses ombres,
Et que moineaux réunis
Ronflaient en paix dans leurs nids ;
Le hibou plein de rancune,
Las de les tant épargner,
Sans miséricorde aucune,
Les pluma jusqu'au dernier.
On vit alors un carnage,

Digne en tous points des humains.

(Je parle ici des Romains ;

Car les mortels de notre âge

N'ont plus ce barbare usage).

J'en reviens aux moineaux ; ne méritaient-ils pas

Leur trépas ?

J'en doute ; mais encor, sans plus de commentaires,

Faut-il que sur ce point on demeure fixé :

C'est qu'il n'est pas d'oiseau de si bon caractère

Qui ne se lasse enfin d'être toujours vexé.

LES DESCENDANTS DE CERBÈRE

Quoique plein de respect pour la théologie,

Je soutiens hardiment que, sous certain rapport,

Les modernes ont eu grand tort

De ne plus croire à la mythologie.

Je n'en veux prendre ici qu'une preuve entre cent.

On dit que, des enfers gardien effroyable,

Cerbère aboyait comme un diable,

Et lançait des éclairs de son œil menaçant

A qui ne lui jetait quelque objet en passant.

Eh bien ! lorsque l'on voit sur terre

Tant de descendants de Cerbère

Auxquels il suffit de jeter

L'or qu'ils viennent solliciter,

Pour être exempt de leurs censures...
Pardon ; je voulais dire exempt de leurs morsures ;
Comment n'être pas convaincu
Qu'un premier Cerbère a vécu ?

LES GONDS

Les gonds rouillés des portes d'un château
De cris aigus étourdissaient l'oreille,
On les graissa ; la chose fit merveille ;
Messieurs les gonds se turent aussitôt.
Je sais plus d'un moraliste farouche,
Sectateur du Christ ou païen,
A qui des gens ont clos la bouche
Par ce moyen.

LES DEUX SINGES

—

Deux singes étaient à la foire :
Tous deux, ainsi qu'on le peut croire,
Experts dans l'art de gambader,
Mais qui diversement aimaient à procéder.
L'un, à coup sûr, le plus agile,
Vaquait à ses travaux sans bruit et sans éclat ;
Tandis que l'autre, maître Gille,
Faisait de sa voltige une affaire d'État.
« Accourez, criait-il ; c'est ici que l'on saute
Un peu bien, je vous en réponds.
Sachez tous qu'il n'est point de fortune si haute
Qu'un luron tel que moi n'atteigne en quatre bonds.
Je serais désolé qu'à ma langue discrète
On pût reprocher quelques torts ;
Mais pour les sauts risqués et pour la pirouette,
Je ne crains pas, je le répète,
Le courtisan le plus retors.
Venez, venez en foule admirer ma souplesse.
Mon seul but est la gloire et non l'argent comptant ;
Si quelqu'un d'entre vous m'accuse de faiblesse,
Nul ne me devra rien ; rien, pas même en sortant.
— Ho ! ho ! se dit alors le chœur des imbéciles
Qui, gueule et bec en l'air, regardaient le matois :
Bigre ! il paraît qu'il fait des tours bien difficiles !
Et qu'il saute en deux temps du plancher sur les toits.
Il nous faut voir cela, quelque prix qu'il en coûte. »
Et les voilà qui vont s'empiler sous la voûte

Où Gille, au grand plaisir de ce peuple de sots,
Ne fit qu'exécuter quelques tours de cerceaux.
Comme ils avaient cru voir des choses sans pareilles,
Nos gens abasourdis en dirent des merveilles.
Cependant Gille II, sauteur autrement fort,
     Croquait le marmot sous sa tente.
« Ils vont venir me voir, disait-il. » Vaine attente !
Car pour le dédaigner la foule était d'accord.
Le monde fait, dit-on, grand cas des gens modestes ;
Mais, comme en tous pays on les tient à l'écart,
     J'en conclus qu'ils n'ont que les restes
De tous les bons morceaux qu'on prodigue au vantard.

LA PARESSE ET LA PAUVRETÉ

—

Un jour la Pauvreté disait à la Paresse :
« Ma cousine, gageons que sans beaucoup d'effort
     Je puis vous gagner de vitesse ;
     Allons, partez et courez fort. »
La Paresse aussitôt accepte la gageure,
     Et, prenant sa plus vive allure,
Se met à détaler ; mais de telle façon,
Qu'on eût dit un courrier du pays limaçon.
     Dès qu'elle a quelques pas d'avance,
     Sa cousine à son tour s'élance ;
     Et sans se fatiguer beaucoup,
     Vous l'attrape du premier coup.

Depuis ce temps la Paresse est contrainte
De convenir que par la Pauvreté
Rapidement elle est toujours atteinte.
    En aviez-vous jamais douté ?

LE CERF APPRIVOISÉ, LE BŒUF ET LES CHATS

Un cerf apprivoisé détestait tous les chats.
    S'en trouvait-il quelqu'un sur son passage,
    Il lui livrait de si rudes combats,
    Qu'on l'aurait cru possédé de la rage.
Un matin qu'il avait d'importance frotté
    Deux de ses ennemis intimes,
Un bœuf, compatissant au malheur des victimes,
    Lui reprocha sa cruauté :
« Que vous ont fait ces chats, monsieur le sanguinaire,
    Pour que vous les traitiez ainsi ?
Si c'est de vos pareils la conduite ordinaire,
Vous êtes d'une race au cœur bien endurci.
N'est-ce pas une honte à gens de votre taille,
Dit le bœuf, de dauber sur de tels avortons ?
Que diriez-vous de moi si je livrais bataille
    A des lapins ou des moutons ? »
Le cerf au bœuf alors répondit sans colère,
Mettant une sourdine à ses transports fougueux :

« Permettez que je vous éclaire
Sur le ressentimôt que m'inspirent ces gueux.
Ce n'est pas sans motif que je hais leur engeance ;
Examinez un peu comme ils traitent les rats ;
Vous me direz après, si de tels scélérats
  J'ai raison de tirer vengeance.
Je ne poursuis en eux que leurs mauvais penchants.
Ce n'est pas cruauté qu'être dur aux méchants. »

LE SINGE, LE CHAMEAU ET L'ENCENS

—

Un singe trouve un sac, le flaire et s'en empare.
Il le croyait rempli de fruits appétissants ;
Mais point ; le pauvre sac n'était plein que d'encens,
Et d'un encens grossier, à gros grains et peu rare.
Lors, faisant la grimace et fronçant le sourcil :
  « J'aurais mieux aimé, se dit-il,
  Pouvoir grignoter ma trouvaille.
Est-ce avec ces parfums que je ferai ripaille ?
Non ; vendons-les. Du prix nous nous achèterons
  Sucre, biscuit, noix, macarons ;
  Enfin mainte autre friandise
  Dont fera choix ma gourmandise. »
  Aussitôt Bertrand d'aller voir
Un chameau qui faisait le trafic pour son compte ;
Ayant utilisé, d'après ce qu'on raconte,

Ses courses d'autrefois pour créer un comptoir.
Le sac étant ouvert le bossu l'examine :
« Hum ! voilà de l'encens d'une assez piètre mine!
Dit-il; c'est ce qu'on nomme un encens d'épicier.
« Il se peut que ce soit ainsi qu'on l'intitule,
Répond l'adroit Bertrand au chameau finassier ;
Mais sachez qu'à tous ceux au nez desquels il brûle
Jamais un grain d'encens n'a paru trop grossier. »

LE JEUNE ÉPAGNEUL, LA LUNE ET LE CARLIN

Un tout jeune épagneul à la lune aboyait.
Il était envieux de tout ce qu'il voyait,
Et, comme au satellite il trouvait bonne mine,
Il l'eut très-volontiers logé sous sa canine.
Ne pouvant pas y mordre, il se mit à gémir.
Un carlin, que le bruit empêchait de dormir,
D'un coup de dent d'abord lui chatouilla l'échine;
Puis il lui dit : « Benêt, tâche un peu de savoir
Qu'on ne doit désirer que ce qu'on peut avoir. »

LES CHATS VOLEURS ET LE CHIEN VERTUEUX

—

Raton ayant un soir des amis à traiter,
Déroba dans l'office un souper très-sortable.
Lorsqu'on se charge ainsi de panses à lester,
C'est le moins qu'on s'occupe à bien garnir la table.
Ses hôtes, au surplus, étaient de fins gourmets ;
Ennemis déclarés des menus ordinaires,
Et qu'on ne trompait pas sur la valeur des mets.
　　　Raton, d'ailleurs, n'y songeait guère ;
Car il avait soustrait tous les morceaux de choix
　　　　Pour régaler sa compagnie ;
Lard, fromage, poulet, crême, beurre aux anchois,
Objets dont la cuisine était fort bien garnie.
Par malheur pour nos gens, Castor se trouvait là ;
　　　Castor, un gros mâtin intègre,
Et qui dans l'abondance était demeuré maigre.
(Chez les chiens vertueux on voit encor cela).
Or, notre ami Castor sur la friponnerie
　　　　Entendait peu la raillerie,
　　　　Et dès qu'il voyait un coquin
　　　　Il lui sautait au casaquin.
A peine eut-il appris qu'on avait à son maître
Dérobé du poulet, du fromage et du lard,
Dans le lieu du festin furieux il pénétre
Et vous met tout à sac, comme eût fait un soudard.
Quant aux pauvres dîneurs, leur histoire était claire
　　　　Dès qu'ils tombaient en son pouvoir.

Le lendemain encor telle était sa colère,
Qu'il tua sans pitié tous les chats qu'il put voir.
Ce chien compta toujours parmi les plus honnêtes,
Grâce à ce préjugé d'un usage éternel
      Qui fait que chez beaucoup de bêtes
Par haine pour le crime on se rend criminel.

LE POURCEAU, LE LOUP ET LE RENARD

—

    Un gros pourceau s'effarouchait.
    De voir un vieux loup qui pêchait.
« Je sais bien, disait-il, que rien ne l'en empêche ;
Mais que diable, les loups se mêlent-ils de pêche ! »
    Certain renard qui l'entendit,
    Clignant de l'œil lui répondit :
« Allez ! que votre esprit de rien ne s'embarrasse.
Ce loup réussira, mon cher monsieur Pourceau ;
    Dès qu'un fourbe a tendu sa nasse,
Il est toujours certain d'y prendre quelque sot. »

LES DEUX RATS ET LE CHAT

—

Deux rats étaient d'humeur diverse ;
Tandis que l'un aimait à la fortune adverse
Opposer un grand cœur plein de témérité,
L'autre souple de caractère,
Dans les cas périlleux, savait tout au contraire,
Immoler son orgueil à la nécessité.
Ces gaillards, un beau jour qu'ils trottaient par les caves,
Virent deux points brillants dans l'ombre s'avancer.
A tous les rats, même aux plus braves,
Ces deux points ont toujours donné fort à penser.
Aussi, le plus prudent de nos preux camarades
Se dit-il à part lui : « Je suis par trop matois
Pour donner dans les embuscades
Que me tend ce matou sournois,
Au plus vite en mon trou je rentre ;
C'est le vrai moyen d'attraper
Ce goulu-là qui dans son ventre
Voudrait m'avoir pour son souper.
Preste ! » Aussitôt sans autre ellipse,
Voilà mon héros qui s'éclipse.
Pendant ce temps son compagnon,
Vaillant comme un duc bourguignon,
De la patte et des dents s'apprête à la bataille :
« Qu'on ne s'attende pas, dit-il, que je m'en aille
Comme ce lâche qui s'enfuit.
J'ai, grâce au ciel ! une autre âme que lui. »

Sur ce ton-là mon rat terrible
Préludait bravement à ses futurs exploits,
Quand tout à coup le chat s'élance irrésistible,
L'atteint, puis va tout chaud le croquer sur les toits.
Tout en se délectant de sa chair palpitante,
Le vainqueur grommelait. « L'autre a bien eu raison
De fuir dès qu'il m'a vu paraître à l'horizon.
Je vois qu'il sait par cœur la maxime importante :
Qu'un bon départ vaut mieux qu'une mauvaise attente. »

Le lion et la panthère usant de représailles, page 153.

LE LION ET LA PANTHÉRE USANT DE RÉPRÉSAILLES

—

Deux de ces malfaiteurs qu'on nomme des héros,
Sur deux pays voisins régnaient jadis en maîtres.
    Ce n'étaient pas de simples hobereaux
    Comme on en vit au temps de nos ancêtres;
    L'un, qu'on traitait partout de Majesté,
Était un gros lion plein de brutalité;
L'autre, qui n'occupait que le rang des panthères,
    N'en avait pas moins sur ses terres
Aux droits régaliens un titre incontesté,
    Bien qu'on ne l'appelât qu'Altesse.
    Au demeurant, gredin, dans son espèce
Autant que le lion que je viens d'esquisser.
    Le tout sans vouloir les blesser.
Vous jugez ce qu'entre eux était le voisinage!
    Car, en dépit du cousinage,
    On sait que monarques voisins
    Sont assez rarement cousins.
    Les nôtres qui ne l'étaient guère,
Tout justement alors s'apprêtaient à la guerre.
Le lion convoitant la grotte d'un chacal,
    Intime ami de la panthère,
    N'attendait plus qu'un prétexte légal
    Pour faire éclater sa colère.
    Le prétexte ne venant point,
    Notre sire expert en grabuge,
    Vole à la grotte, se l'adjuge;

Et voilà tout le subterfuge

Pour qu'un prétexte vienne à point,

Devant cette action d'héroïque industrie :

« Jour de Dieu! s'écria la panthère en furie

Dépouiller mon chacal! mais attendez; sous peu

Notre cousin verra beau jeu! »

Il faut que vous sachiez qu'au temps de cette histoire,

En vassal du lion, sans bruit et sans éclat,

Un pauvre bouc mettait sa gloire

A faire le bonheur de son petit État.

Vous conviendrez que telle extravagance

Méritait bien qu'on en tirât vengeance.

Depuis longtemps déjà la panthère exécrait

Ce principicule imbécile,

Dont la grotte servait d'asile

Aux gazelles qu'alors son Altesse effarait.

Bien des fois la terrible bête

Avait déjà voulu punir ce trouble-fête.

Mais s'attaquer aux favoris des rois,

Le plus malin y regarde à deux fois.

Cependant lorsqu'on a l'honneur d'être panthère,

Qu'on a le sang bouillant, l'œil vif et l'ongle prompt,

On n'est pas trop de caractère

A dévorer le moindre affront.

Se mettre ouvertement en état de rupture

Avec le larron couronné,

La dame n'en voulut pas tenter l'aventure,

Car le sire était fort et très-déterminé.

L'Altesse alors s'érigeant en franc-juge

Et du fait accompli sachant tout le succès,

Vole à l'antre du bouc, l'en chasse, et se l'adjuge

Sans autre forme de procès.

Vous voyez qu'en tout temps on a dit sur le trône :
Ah! vous prenez Bologne! eh bien! je prends Ancône.

BRAHMA ET L'ABIME DE LA BÊTISE HUMAINE

—

Oh! que du genre humain la bêtise est profonde !
Pilpay, la comparant au plus vaste Océan,
Nous dit qu'un jour Brahma voulut jeter la sonde
Pour connaître le fond de ce gouffre béant.
De l'impossible un dieu rarement s'embarrasse.
Le fil se déroula pendant plus de cent jours ;
Pas d'arrêt, pas de fond ; la sonde allait toujours.
« Diable! essayons alors d'épuiser cette masse,
Se dit-il ; et prenant un gigantesque seau,
          Voilà mon Brahma peu sagace
          Qui fait le métier de verseau.
          Or, comme il était fort tenace
     Pendant cent ans et cent autres avec
Il se flatta de mettre enfin le gouffre à sec.
          Mais voyant qu'il perdrait sa peine :
« Tant pis ! s'écria-t-il, si je suis à l'affront,
J'aurai du moins appris que la bêtise humaine
          Est une mer sans fond. »

LES MOUCHES ET LES MARTINETS

Un jour, les mouches indignées
Du traitement des araignées
Vinrent, la larme à l'œil, trouver les martinets.
Après avoir levé poliment leurs bonnets :
« O nobles oiseaux, dirent-elles,
Vous voyez en nous des mortelles
Que l'araignée opprime au point de les croquer.
C'est un véritable scandale
De voir que la force brutale
Ose avec tant d'audace au faible s'attaquer.
Vengez-nous; punissez cette horde assassine;
Notre race, Messieurs, de la vôtre est cousine;
Vous savez, en effet, comme l'a dit un Grec,
Que la mouche, après tout, n'est qu'un oiseau sans bec.
Donc il faut nous venger; et cela d'importance;
Car l'araignée est une engeance
Qui, ne surprenant plus de mouche en ses filets,
Certainement voudra manger des martinets. »
Les martinets malins simulant la colère :
« Ah! répondirent-ils, cet animal hideux
Oserait, comme à vous, nous déclarer la guerre!
C'est ce qu'il faudra voir! araignée, à nous deux! »
A ces mots, les voilà qui partent en campagne,
« Faisant la guerre à dame Aragne.
Quand ils eurent purgé le pays d'alentour :
Maintenant qu'en nos escarmouches
L'araignée a péri, qui va croquer les mouches?

Eh parbleu! dirent-ils, ce sera notre tour. »
    Là-dessus à plein bec ils croquent,
    Puis s'empiffrent et puis s'emboquent,
    En vrais oiseaux triomphateurs;
    Cependant les pauvres sauvées
Entre elles se disaient, de chagrins abreuvées :
« Qui nous délivrera de nos libérateurs? »

LE BARBET, LES CARLINS ET LA CAVALE

—

Un barbet respectable au milieu de carlins
    S'alla fourvoyer par mégarde.
C'étaient, pour la plupart, des sacripants malins
Rompus aux mauvais tours plus qu'à la bonne garde.
Comment parmi ces gueux mon barbet s'enrôla,
Entre nous, je puis bien vous l'avouer sans honte,
    Puisque, d'après ce qu'on raconte,
C'était la pauvreté qui l'avait poussé là.
Mais comme, par bonheur, il avait des principes,
De la contagion il resta garanti;
Et ce barbet, dit-on, fut l'un des plus beaux types
De chien encanaillé sans être perverti.
Un jour que mes coquins avaient fait du scandale,
Ce que maître barbet avait très-fort blâmé,
    Il se trouva qu'une cavale
    Vit cette scène à point nommé.

« Eh quoi! dit-elle alors, au plus haut point surprise,
Vous condamnez ces gens tout en vivant près d'eux!
Je vous croyais des leurs; me serais-je méprise?
Comment expliquez-vous ce contraste fâcheux? »
L'autre lui répondit, dressant sa bonne tête :
« Ma conduite est pourtant aisée à concevoir,
Car j'ai toujours suivi, pour demeurer honnête,
Non l'exemple d'autrui, mais les lois du devoir. »

LE RENARD ET LA SOURIS

Gueule en l'air, panse vide, alouvi, harassé,
Compère le renard trottait dans l'espérance
De rompre, à belles dents, un jeûne un peu forcé,
Lorsqu'au fond d'un cellier de modeste apparence
Le matois sur le sol vit un piége amorcé.
C'était un os couvert de viande assez proprette
Qu'on avait placé là pour tromper le larron.
Il aurait préféré quelque tendre poulette;
Mais lorsqu'on a grand faim tout comestible est bon.
Donc, au mépris des lois que dictait la prudence,
Sur le trompeur appât notre affamé s'élance;
  Tend le bec, happe le morceau,
  Et le voilà pris comme un sot!
Pendant qu'il ruminait sur sa triste aventure,
Une voix près de lui retentit tout à coup :

« Ma foi, seigneur renard, dit la voix, je vous jure
Que je vous aurais cru plus malin de beaucoup.
Vous dont l'esprit subtil se plaît aux tours de force,
Comment ! vous vous laissez prendre à pareille amorce !
      Que sert-il d'être ingénieux
Si c'est pour ne pas voir ce qui crève les yeux ? »
   Le renard qui cherchait d'où partait ce langage,
Vit en tournant la tête, une souris en cage :
« Tiens ! c'est vous qui raillez derrière ce grillage !
Le beau prédicateur pour le coup que voilà !
Çà, la belle, voyons ; que faites-vous donc là ?
Vous qui de me voir pris marquez tant de surprise,
Il paraît que vous-même au piége on vous a prise.
Vous avez donc voulu vous régaler de lard
     Ainsi que moi de viande fraîche,
     La commère ? et le traquenard
   Pas plus que moi ne vous trouva revêche !
Sachez que les plus fins peuvent être attrapés,
Et que nous sommes tous au même coin frappés,
Nous voyons nettement les bêtises des autres,
Mais nous nous gardons bien d'apercevoir les nôtres. »

LES MÉTAUX ET VULCAIN

—

Dans le couloir obscur d'une mine profonde,
Les métaux assemblés causaient un jour entre eux.
Ce sont gens querelleurs et qui dans ce bas monde
    Font du vacarme à qui mieux mieux.

Tous parlaient à la fois, lorsque dans l'assistance
Il se fit tout à coup le plus complet silence,
   Pour écouter un brillant orateur
     Qui parla sans contradicteur.
     Il pérorait, quand sous la voûte
     Le bon Vulcain, n'y voyant goutte,
En vrai Colin-Maillard survint tout justement :
« Tiens, dit-il, on discute en ce lieu sans tapage!
Comme chez les métaux ce n'est pas trop l'usage,
Parions que c'est l'or qui parle en ce moment. »

L'ANE ET LE CHIEN

—

    Un jour que notre ami Martin
Philosophiquement cheminait sur la route,
    Il fit rencontre d'un mâtin
Qu'on aurait cru tout frais étrillé du destin,
Tant son poil et sa chair paraissaient en déroute.
    Dès qu'il fut auprès du bidet :
    « Puisqu'un heureux sort nous assemble,
Monsieur Martin veut-il que nous marchions ensemble?
Dit le chien. — Volontiers, répliqua le baudet. »
Aussitôt les voilà de conserve en campagne,
    Arpentant vallée et montagne,
    Et se contant à qui mieux mieux
    Leurs malheurs causés par les dieux.

Oui, les dieux, car toujours c'est ainsi qu'on en use.
On fait tout ce qu'il faut pour ne pas réussir,
Et quand sur un échec on se veut éclaircir,
C'est le guignon, la chance et les dieux qu'on accuse.

>Pendant que, trottinet-trottant,
>Leurs pattes mesuraient les routes,
>Messire dogue à chaque instant
>S'arrêtait l'oreille aux écoutes.

Qu'est ceci? disait-il. Qu'ai-je entendu là-bas?
>N'est-ce pas quelqu'un qui nous guette?

Mon ami, c'est pour sûr un malfaiteur en quête;
>Croyez-moi, pressons notre pas.

Comme à chaque enjambée, une alerte nouvelle
>Mettait le mâtin aux abois,

Dans l'esprit du baudet un soupçon se révèle,
Et prudent, il s'égare exprès au coin d'un bois.
Quand il fut de nouveau seul à la découverte :
« Ce chien, dit-il, dont l'âme à la peur est ouverte,
N'a pas pris cette peur à garder les troupeaux.
Gens de bien d'ordinaire ont l'esprit en repos,
Tandis que les fripons sont toujours en alerte. »

LA ROSE ET LA GRIVE

—

En plein mois des amours, une heure après l'aurore
>Une rose venait d'éclore
>Sur un rosier des plus touffu.
>Cet arbuste à la fleur de l'âge,

De tous les rosiers du bocage
Était bien le plus beau qui fût.
Notre rose devait s'estimer fort heureuse
De briller sur un tel support.
Par malheur, de soleil elle était désireuse
Et se trouvait alors très-mal sous ce rapport;
Car un épais et noir feuillage
Où se jouait à peine un jour mystérieux,
Des rayons du soleil obstruait le passage
Et la cachait à tous les yeux.
« Ah! qu'on est à plaindre, dit-elle,
Lorsque si belle
On vit au milieu d'un fourré
Contre son gré.
— Erreur! lui répondit une grive éveillée
Qui dans une tonnelle évitait la chaleur;
Car apprenez que la feuillée
Double les charmes de la fleur. »

LE RENARD, LA FOUINE ET LA BELETTE

—

Le renard, la belette ainsi que la fouine
Faisaient ensemble leur cuisine.
Il était convenu qu'on mettrait en commun
Le gibier trouvé par chacun.
C'était dans un pays où la poule était rare
Et le coq très-alerte à chanter sa fanfare,

Pour avertir les chiens du plus petit danger.
Tous trois auraient vécu bien des jours sans manger,
S'ils n'avaient fait accord d'apporter à la masse,
    Matin et soir, le produit de leur chasse,
       De façon que jamais aucun
     Ne risquât trop de se morfondre à jeun.
Un jour que la belette avait pris une outarde
       Et que la bande ultra-pillarde,
       Craignant messieurs les indiscrets,
L'avait mise à l'écart des rats et des furets,
     Il se trouva que la volaille,
     Quand on voulut la dépecer,
     Avait disparu de la paille
     Où notre triple maraudaille
     Avait eu soin de la placer.
     Ho ! ho ! vous pensez quel ramage
     Dès qu'on s'aperçut du larcin
     Après qu'on eut fait beau tapage,
     Le renard dit : « C'est grand dommage !
     Mais pour pincer notre coquin
Pas n'est besoin de sonner le tocsin.
Notre cachette est de tous ignorée,
Donc nul intrus n'a pu faire curée
     Du volatile. Aussi je crois
Que le fripon n'est que parmi nous trois.
— Nous des voleurs ! s'écria la belette.
— Dès larrons, nous ! dit la fouine aussi.
Se peut-il bien que l'on accuse ainsi
Des gens qui mille fois ont souffert la disette
     Plutôt qu'entre eux se voler une miette !
— Tout ce que vous voudrez, s'écria le renard ;
     Mais l'un de nous doit être le pillard.

C'est mon idée, et je n'en veux démordre.
Au surplus, écoutez; c'est assez discourir;
Je connais un vieux lynx apte à tout découvrir.
    Sans lui donner trop de fil à-retordre,
    A son savoir nous allons recourir.
      Vous verrez si le finaud tarde
    A désigner notre voleur d'outarde. »
Là-dessus tous les trois se mettent en chemin
      Pour interroger le devin.
Mais arrivés au coin d'une forêt obscure,
Voilà que redoutant quelque mésaventure
      Dame fouine au fond d'un trou
      S'en va se fourrer sans dire où.
      Le renard qui vit la manœuvre,
A la belette alors dit : « N'allons pas plus loin;
Laissons-là notre lynx; il n'en est pas besoin;
      Je viens de voir notre voleur à l'œuvre.
Commère la fouine elle-même se perd;
Quand on est innocent on ne fuit pas l'expert. »

LE PERROQUET, LA PERRUCHE ET L'OISEAU
MOQUEUR

—

    Une perruche avait pour perroquet
      Certain ara qui se piquait
D'être des plus galants envers sa damoiselle.
      Pris comme un sot en ses gluaux,

Il la nommait la reine des oiseaux,
 Bien qu'elle fût loin d'être belle.
 Mais de soupireur clairvoyant,
 On en voit peu, même en payant.
La perruche a toujours passé pour vaniteuse ;
Celle-ci l'était fort, et, de plus, très-quinteuse.
Aussi, grâce aux discours du fou qui la flattait,
Sa déplaisante humeur tous les jours augmentait ;
A tel point que l'ara, le désespoir dans l'âme,
 Alla près d'un oiseau moqueur,
Son plus proche voisin, se plaindre de la dame
 Qui tourmentait son pauvre cœur :
L'autre, qui connaissait la conduite du sire,
A plein bec tout d'abord se contenta de rire ;
Puis il dit au plaignant : « Blâmer la vanité
 De quelqu'un que l'on a flatté,
 C'est, mon ami, commettre la sottise
De se plaindre du feu que soi-même on attise. »

LE LÉOPARD ET LE DROMADAIRE

Un léopard novice et dans cet âge heureux
Où l'on est assez fou pour rêver à la gloire,
Au lieu de vivre en paix s'escrimait de son mieux
Pour inscrire son nom aux fastes de l'histoire.
 Dieu sait le temps qu'il y perdit !
Mais, hélas ! il eut beau se conduire en bandit,

Beau commettre crime sur crime
Afin de s'attirer l'estime,
Ce nonobstant la gloire ne vint point.
Tâchez un peu de m'expliquer ce point.
Comme il récriminait auprès d'un dromadaire,
Le bossu répondit : « Que vous plaignez-vous là !
Tout comme un autre, allez, vous serez légendaire ;
Vous commîtes assez de hauts faits pour cela.
Seulement le renom ne vous viendra, peut-être,
Que lorsque vous serez un vénérable ancêtre ;
Car, fantasque à l'excès, ce renom, bien souvent
Pour s'attacher au mort dédaigne le vivant. »

L'autre à ces mots : « Vous me la baillez belle !
Eh ! que me fait à moi qu'on me flatte ou flagelle
Quand la camarde aura visé mon passe-port ?
J'aime mieux une once de gloire,
Vivant encor,
Que mille quintaux dans l'histoire,
Après ma mort. »

———

L'OURSON, LE MIEL ET LES ABEILLES

—

Un jour qu'il gambadait en franc hurluberlu,
Certain benêt d'ourson né pesant et goulu
Découvrit dans le creux d'un arbre
Quelques rayons de miel aussi blanc que du marbre.

Et quel parfum ! l'Hymète au grand jamais
N'en fournit de pareils aux ours les plus gourmets.
Aussitôt le gouillafre expert en volerie,
Sur les couteaux sucrés jette un regard d'envie,
Les palpe, pèse, tourne et flaire de son mieux;
Après quoi, dans le miel, il fourre jusqu'aux yeux
      Le museau de sa Seigneurie.
Notre galant trouva le régal à son goût.
Mais comme il ressemblait aux triples imbéciles
Qui, ravis de passer pour des gens difficiles,
Cherchent l'occasion de critiquer sur tout,
Il se mit à gloser sur l'objet qu'en sa panse
      Le lourdaud venait d'engloutir.
« Ces abeilles, dit-il, n'ont pas l'art que l'on pense;
Je ne suis point fâché de les en avertir.
S'en aller sottement au sein des pâturages
Butiner le pollen de quelques fleurs sauvages !
Est-ce ainsi que l'on fait lorsqu'on est un peu fin ?
Non; mais on va chercher sa récolte au jardin,
Dans le cœur des œillets, des jasmins et des roses.
A la bonne heure ! ainsi l'on fait de bonnes choses.
      Mais composez donc, s'il vous plaît,
Du miel avec le thym ou bien le serpolet !
C'est pitié ! — Çà, l'ami, lui riposte une abeille
      Qui voltigeant aux alentours,
      Venait d'entendre ce discours;
      Toi qui t'y connais à merveille,
Dans le jardin là-bas fais-nous donc quelque part
Un rayon composé dans les règles de l'art;
Que nous puissions avoir sous les yeux un modèle.
— Moi mieller ? justes dieux ! y pensez-vous, la belle ?
      Me voyez-vous sur les fleurs becqueter ?

Mettre du pollen à mes pattes?
Et puis l'aller pétrir au pied de mes pénates?
Non ; du miel n'en fais point ; mais je sais le goûter,
— Le goûter ! répond l'autre ; ah parbleu ! belle affaire !
Au lieu de critiquer mieux vaudrait savoir faire.

LE SERPENT ET LA CIGOGNE

—

Sous la patte d'une cigone
Certain jeune serpent un jour se débattait.
« Toi, je vais te croquer, dit-elle sans vergogne ;
Et déjà de son bec l'oiseau le picotait.
— Me croquer ! et pourquoi ? Qu'ai-je fait, je vous prie,
Pour servir de pâture à Votre Seigneurie ?
Demanda le reptile ; est-ce ainsi que l'on doit
Croquer les gens sans aucun droit ?
— Mon droit ? pas n'est besoin de le faire connaître ;
Si je t'occis, parbleu ! c'est que tu me déplais.
Est-ce ma faute à moi si le ciel a fait naître
Tous les ophidiens si méchants et si laids ?
D'ailleurs vous rampez tous ; et cette marche immonde
Vous fait haïr de tout le monde.
— Donc mon seul crime est d'être un animal rampant?
Répondit à l'oiseau le malheureux serpent.
Si vous me connaissez quelque autre allure à prendre
De grâce daignez me l'apprendre ;

Sinon veuillez considérer
Que c'est mon seul moyen de me mouvoir sur terre.
Je crois qu'en bon Français cela s'appelle errer
Que m'imputer à crime un vice involontaire.

LE HÉRISSON

—

Un hérisson doué du meilleur caractère,
Bien que ces bonnes gens ne passent pas pour tels,
  S'imaginait qu'on se doit sur la terre
  Entre animaux des égards mutuels.
    Il avait lu dans les écoles
    Le livre des civilités,
    Et croyait que ces fariboles
    Étaient autant de vérités.
Aussi s'appliquait-il, en toute circonstance,
    A se montrer plein d'obligeance;
Et comme il estimait qu'on n'est pas vertueux
En aimant la vertu sans détester le vice,
Il haïssait l'orgueil, la fourbe, l'injustice
Avec l'entraînement d'un cœur impétueux.
Il ne pouvait pas voir un acte d'infâmie
    Sans qu'aussitôt sa bonhomie
S'en allât à vau-l'eau jurant et tempêtant;
Et tandis que chacun, surpris de sa colère
    Le jugeait trop atrabilaire,
Il ne se laissait pas apaiser pour autant.

Mais, hélas ! il en fut pour ses frais d'invectives.
Le monde n'aime pas les vertus trop actives ;
Et quiconque ici-bas veut en paix séjourner,
Doit tout voir, tout entendre et ne rien condamner.
Pour lui qui n'était point de si lâche nature,
Dès qu'on le molestait il redressait ses dards ;
    Rendait piqûre pour piqûre,
Caresse pour caresse et brocards pour brocards ;
Faisant d'ailleurs à tous excellente mesure.
    Or, savez-vous, après cela,
Le petit hérisson comment on l'appela ?
Pour n'être pas doué d'une âme vile et flasque,
On l'appela pointu, hargneux, bourru, fantasque ;
Et le pauvre animal de chacun abhorré
Se vit mettre à l'écart comme un pestiféré.
Le monde est fait ainsi ; malheur à l'âme droite !
C'est à qui la délaisse ou bien à qui l'exploite.
D'un destin si pénible on n'évite l'ennui
Qu'en fermant les deux yeux sur les défauts d'autrui.

LE CIRON ET LE VER

—

Un ciron furieux de sa petite taille
Et qu'un immense orgueil privait de tout repos,
Sur les insectes nains, à boulet et mitraille
    Tirait à tout propos.

Pour l'altise, à l'entendre, il était un hercule ;
     Un géant pour le puceron ;
     Et sa vanité ridicule
Même envers de plus grands le rendait fanfaron.
Un ver qui de sa morgue avait été victime,
Lui dit crûment un jour : « Çà, le nabot infime.
Jusqu'à quand pensez-vous nous fatiguer ainsi ?
     Nous prenez-vous pour un des vôtres ?
Si dans votre caboche est l'ombre d'un cerveau,
Tâchez-moi d'y fourrer, entre deux patenôtres,
Cet adage assez vieux mais pour vous très-nouveau :
Qu'on ne se grandit pas en abaissant les autres. »

LE RICHE ET LE DIEU MARCHAND

—

Un homme avait de l'or, il voulut des plaisirs,
     Et des faveurs, et de la gloire.
     Le riche est toujours prêt à croire
Qu'avec l'or on a tout au gré de ses désirs.
Comme de mon Crésus c'était un peu l'histoire,
     Le bonhomme un jour s'en alla
Trouver un certain dieu qui vendait tout cela.
     « Çà, le dieu, vite à la boutique !
     Sers-nous plaisirs, gloire et faveurs,
          Et des meilleurs !
Je veux être, dit-il, ta constante pratique. »

Là-dessus mon rustre opulent
Sur le comptoir divin jette un or insolent.
« Des écus ! lui répond le dieu plein de colère ;
D'une divinité c'est bien là le salaire !
Apprends qu'il faut régler en toute autre valeur.
Voici mes prix, en conscience :
La gloire se paie en bonheur ;
Par la santé le plaisir se balance,
Et quand on veut de la faveur,
On me la solde en bonne indépendance. »

LE TIGRE, LE COQ ET LE BŒUF

—

Certain tigre impudent taillé pour l'épopée
Commit un jour un coup d'État.
Il était gueux : cette équipée
En fit un très-grand potentat.
Bien qu'il donnât plus d'une entorse
A la morale ainsi qu'aux lois,
Tout se taisait, car il avait la force,
Et l'on craignait toujours quelques nouveaux exploits.
Parmi les sujets dont ce drôle
Faisait la gloire et le bonheur,
Se trouvait un vieux coq élevé dans la Gaule,
Ce qui l'avait rendu bavard et raisonneur.

Quoiqu'il fût né dans une autre province,
Ce coq savait très-bien l'histoire de son prince.
Un autre aurait tremblé d'en parler librement ;
  Lui ne tremblait aucunement.
  Dès qu'il voyait jour, au contraire,
A parler coup d'État selon son sentiment,
Vingt renards affamés ne l'auraient pas fait taire.
  Un matin que cet incongru
  Sur ce chapitre jasait dru,
Un bœuf qui ruminait sur cette même histoire,
Lui dit : — « Notre ami coq, si vous me voulez croire,
Vous tiendrez votre langue au chaud dans votre bec,
Ou bien gare l'amende et la prison avec ! »
— « Allons donc ! riposta le Gaulois téméraire,
Vous outragez ainsi le prince notre père.
Qui de l'honneur toujours sut respecter les lois,
Ne fait point le silence autour de ses exploits. »

LES CRAPAUDS ET LA GRENOUILLE

  Dès que l'astre du jour se cache
  Les crapauds dansent au marais.
  C'est ainsi qu'un peuple ganache
Aime à voir décliner le soleil du progrès.
Cela dit en passant, j'arrive à mon histoire :
Dans une mare infecte, à l'eau bourbeuse et noire,

Sitôt que le jour était bas,
Des crapauds prenaient leurs ébats.
Dieu sait s'ils barbotaient! jamais fonctionnaire,
Cédant aux doux loisirs d'un poste avantageux,
Ne se complut dans l'arbitraire
Comme eux dans leur centre fangeux.
Pendant que nos vilains y faisaient leurs fredaines,
Une grenouille aimable, au cœur compatissant,
Qui trottait, sautillait en quête de phalènes,
Par une nuit d'été vit leur mare en passant :
« Ces gens-là vont périr, se dit la bonne bête.
Par cette chaleur, en effet,
On peut prévoir, hélas! sans être grand prophète,
Qu'en huit jours leur bourbier sera sec tout à fait.
Avertissons-les donc. » Sitôt dit, sitôt fait.
Lors les crapauds, comme un seul homme :
« Allez donc radoter plus loin!
Conseillez, s'il lui plaît, notre Saint-Père à Rome!
Pour nous de vos avis nous n'avons nul besoin.
— Ah! pardi, mes mâtins, riposta la verdette,
Si vous le prenez sur ce ton,
Du diable, près de vous si je reste en vedette,
Pour vous aider en rien; crevez dans ce canton;
Vous l'aurez mérité; bonsoir la compagnie! »
Huit jours après, crapauds étaient à l'agonie,
Quêtant de toutes parts vainement un conseil.
Peut-être pensez-vous qu'en cet instant suprême
Ce peuple s'en prit à lui-même,
Ou du moins de ses maux accusa le soleil!
Nullement; à leurs yeux il demeura palpable
Que la grenouille était la réelle coupable.
Voilà bien les vilains quand on les a servis!

Quelqu'un les prévient-il que des malheurs sont proches
Vous les verrez toujours accabler de reproches,
Non pas l'auteur du mal, mais le donneur d'avis.

LES CHEVREUILS, LE CERF ET LEURS VOISINS

—

Le peuple des chevreuils jadis avait pour prince
Un cerf embrigadé parmi les conquérants;
Coquins en général de valeur assez mince, ·
Mais que le fin Gaulois s'obstine à nommer Grands.
Ce gaillard-là menait une vie impossible;
Il tondait tous les prés, dévastait tous les bois;
Faisait avec sa cour un sabbat indicible,
Et mettait, en un mot, tout le monde aux abois.
      Les voisins, las de ce grabuge,
Aux chevreuils assemblés s'en étant plaints un jour :
« Eh ! leur répondit-on, si notre roi vous gruge,
Croyez que nous avons comme vous notre tour.
Même encor plus que vous nous sommes ses victimes.
      Surtout persuadez-vous bien
Que dans tous ses hauts faits qu'on pourrait nommer crimes
      Le peuple chevreuil n'est pour rien. »
      Mais aux voisins ce discours ne plat guère :
« Votre cerf, dirent-ils, vous allez le chasser.
Si vous ne savez point vous en débarrasser,

Nous vous déclarerons la guerre ;
Car sachez qu'un peuple se rend
Complice de la tyrannie
Dès qu'il commet l'ignominie
De subir la loi d'un tyran.

LES GRENOUILLES, LE CRAPAUD ET LA CARPE

—

Des grenouilles, un jour, se plaignaient d'un crapaud :
  « Quel pestiféré ! disaient-elles.
  Des rugosités de sa peau
  S'exhalent des senteurs mortelles.
  Depuis que ce triste animal
  Dans notre étang fait ses repues,
  Au physique ainsi qu'au moral,
  Il nous a toutes corrompues ! »
  Une carpe qui près de là,
  Le dos à l'air, faisait sa sieste,
  Sur ce mensonge manifeste
  Vertement les interpella :
  « — Si vous pensez que je me trompe
  Sur votre état, il n'en est rien.
  Vous plaindre que l'on vous corrompe
  N'est guère adroit, croyez-le bien ;
  Car sachez, bégueules risibles,
Qu'on ne corrompt jamais que les gens corruptibles.

LE COQ ET LE CHIEN

—

Certain coq matinal et remuant en diable,
D'un molosse voisin troublait fort le sommeil.
Dès que le chien dormait, mon chantre impitoyable
L'éveillait bien avant le lever du soleil.
« Pour le repos la nuit est faite, ce me semble,
Dit le chien; pourquoi donc nous fais-tu constamment
A toi seul plus de bruit que quatre chiens ensemble
Qui hurleraient en chœur après le firmament?
— Je comprends que ma voix excite ta colère,
Répond à l'endormi l'oiseau de basse-cour;
Mais, que veux-tu? je suis ami de la lumière;
Je trouble ton sommeil, mais j'annonce le jour. »

L'ÉTOURNEAU

—

Un étourneau dans ses voyages
Rencontre un jour un piége à rats.
« Il paraît, se dit-il, qu'on aide en ces parages
Les étourneaux dans l'embarras;
Car moi qui dans ma course ai gagné la fringale,
L'un morceau délicat je vois qu'on me régale.

Parlez-moi d'un pays où l'hospitalité
    De cette façon-là s'exerce!
Par des pasteurs, pour sûr, il doit être habité;
On est moins prompt au bien chez les gens de commerce.
Mais, après tout, qu'ils soient bergers ou trafiquants,
    Moi je me mets au nombre des croquants.
    Croquons, nous verrons bien ensuite
De qui, rustre ou marchand, célébrer la conduite »
Là-dessus il s'apprête à gober le morceau.
Mais tout à coup : « Eh! eh! ne soyons pas si so',
Dit-il; assurons-nous contre tout artifice;
Car en nos jours, hélas! on a tant de malice!
Ceci c'est un appât mis au bout d'un bâton;
Quant à ces deux piquets disposés en équerre,
Qui servent de support à cette grosse pierre,
    Ils ne me disent rien de bon.
Tout cela me paraît combinaison profonde
    Pour attraper le pauvre monde.
Mais quoi! je suis bien fou d'être si fort surpris;
C'est avec ça qu'on prend mesdames les souris.
Parbleu! je m'en souviens à merveille à cette heure.
Puisqu'il en est ainsi, croquons toujours l'appât.
    Que cet appât pour les rats soit un leurre,
    Très-bien! mais je ne suis pas rat.
Non, pardieu! » Cela dit, sans perdre une minute,
    Maître étourneau s'en va donner du bec
Contre le traquenard préparé pour la chute.
    Les deux piquets font la culbute;
    La grosse pierre tombe avec,
    Et notre sot est tué sec!
    Le monde est plein de gens habiles,
    Emules de cet étourneau.

A leurs yeux l'univers est peuplé d'imbéciles
  Que sans peine on met au panneau,
Tandis qu'eux, fins matois sur leurs gardes se tiennent.
Mais je ne sais comment ces malins-là s'y prennent;
Car voit-on quelque part de francs benêts dupés,
  Ils sont les premiers attrapés.

LA FORÊT·QUI BRULE ET LE MERLE

  Une forêt adolescente
  Un beau matin parut en feu.
Lorsque près de vingt ans on vécut innocente,
Il est bien naturel que l'on s'embrase un peu.
Elle était de sapin; partant très-inflammable,
  Et se mit à brûler en diable.
A peine elle flambait que poussant de hauts cris,
  Elle ameuta tout le pays.
Un vieux merle honteux d'une pareille esclandre,
Fort irrité d'ailleurs de voir son nid en cendre,
  Lui dit alors en la quittant :
  « Bon Dieu! que gémissez-vous tant?
Pourquoi du mal cruel dont vous vous sentez prise
Accuser les bergers, le temps sec et la bise?
Vous seule avez tout fait; car souvenez-vous bien
  Que le feu ne vous pourrait rien,
Si vous n'alimentiez l'ardeur qui le stimule.
C'est par son propre bois qu'une forêt se brûle. »

L'OURS, LE LOUP ET LES RATS

Un loup tomba dans un torrent.
C'était un très-gros personnage,
De ceux auxquels dans son hardi langage
Le farouche Français donne le nom de Grand.
Près du Monsieur deux rats s'étaient de compagnie,
On ne sait comment laissé choir.
Ils étaient tous les trois voisins de l'agonie.
Lorsque — fortune heureuse — un ours vint à les voir.
Aussitôt le voilà qui saisit une branche,
Puis à l'état de perche à l'instant la réduit;
Vole vers le torrent, sur l'un des bords se penche,
Tire le loup d'affaire et se sauve avec lui.
Lors mes rats de penser : « Ce poilu tout à l'heure
Va nous tirer de ce séjour.
Sans doute il est allé conduire à sa demeure
Sire loup; mais bientôt il sera de retour. »
Ah bien oui! Vainement nos rongeurs l'attendirent.
Martin pour les sauver ne fit aucun effort;
Et ces fous, un peu tard, à leurs dépens apprirent
Qu'en ce monde égoïste on n'aide que le fort.

L'HISTOIRE ET LA VÉRITÉ

—

Dans le puits de la Vérité
L'Histoire, un jour, s'étant rendue,
Elle trouva la déité
Sur un vieux grabat étendue.
« Venez, lui dit-elle aussitôt;
J'ai grand besoin de vous là-haut.
— Moi! qu'en public je me hasarde!
Répond l'autre; le ciel m'en garde!
Pour quitter encor mon réduit,
Je sais trop ce qu'il m'en a cuit.
Bonsoir! — Écoutez-moi, la belle;
Ne vous montrez pas tant rebelle.
Si vous déplaisez chez les grands,
Les petits sont bien différents.
— Eux différents! vous voulez rire.
Dès qu'il s'agit de me maudire,
Même au plus grand, — sachez-le bien, —
Le petit ne le cède en rien.

———

LES CHIENS, LES CHATS ET LE LOUP

Il était un pays où les chiens et les chats
Se disputaient entre eux depuis bien des années,
Et passaient tout leur temps à d'éternels débats
Qui souvent finissaient en luttes acharnées.
Nos gens en étaient là, lorsqu'un certain glouton
     Vint s'établir dans le canton,
     Traînant le sac et la béquille.
Il se nommait Lupus, venant on ne sait d'où ;
Tout ce qu'on en apprit, c'est que dans sa famille
On avait de tout temps fait le métier de loup.
     Lupus alors était en quête
D'un peu de viande fraîche à mettre sous sa dent.
Il venait de manquer récemment la conquête
D'un bercail; et ce fut grâce à cet accident
Que du canton susdit il devint résident.
Dès qu'il eut des deux camps reconnu l'attitude,
     Le scélérat se dit avec béatitude :
« La guerre est en ces lieux ! bon ! n'allons pas plus loin.
Dans le pré des nigauds le madré fait son foin.
     A l'œuvre donc ! » Aussitôt il s'élance
Sur un bel angora dans le sommeil plongé;
Et, bien que ce matou fût de belle prestance,
   Notre goulu dans le fond de sa panse,
     L'eut, j'en réponds, bientôt logé.
     Cet exploit de héros vorace
     Aux mâtins ayant plu beaucoup :
     « Délivre-nous de cette race !

Hurla le camp des chiens ; hardi ! bravo le loup ! »
   Mais le lendemain notre sire
   Voulant varier son menu,
Courut aux aboyeurs et s'avisa d'occire
   Un caniche gras et charnu.
   Lors ce fut à la gent féline
   A chanter victoire à son tour :
   « Il détruira cette vermine !
   Miaula-t-on ; gloire au pandour ! »
   — Bon, se dit le rusé compère ;
Chiens, chats, à tour de rôle y passeront, j'espère.
Quand des loups avisés trouvent de ces fous-là,
   A leurs dépens ils font gala. »
   Ce ne fut qu'après mainte épreuve
Que nos gens de leur faute eurent enfin la preuve.
Ils comprirent alors cet adage opportun
Dont la simplicité n'a pas besoin d'exorde :
   « Il faut cesser toute discorde
   Devant un ennemi commun. »

LES RENARDS ET LES LIÈVRES

—

   Deux renards, à grands coups de dents,
   Se disputaient une volaille,
   Tandis que deux lièvres prudents,
Blottis au fond d'un trou, contemplaient la bataille.

« Hélas! dit l'un des deux, ils se font bien du mal;
    Allons les séparer, mon frère.
— Non pas, répondit l'autre, il faut les laisser faire,
Ou bien vous agiriez en très-sot animal.
Lorsque entre ces gens-là quelques brouilles éclatent,
Nous serions de vrais fous de les leur épargner.
    Sachez que quand renards se battent,
    Les lièvres ont tout à gagner. »

LE CHARLATAN

L'un de ces marchands d'espérance
Qui croient nous vendre la santé,
Jadis au beau pays de France
Vivait des plus accrédité.
Il était bardé d'ignorance,
Avec des airs d'autorité,
Et comptait moins sur sa science
Que sur notre crédulité.
Or, il advint que ce beau sire
Eut à traiter un moribond;
Aussitôt mon docteur pour rire
Se rend au chevet du barbon.
Il ne savait pas trop qu'en dire;
Mais comme il avait force aplomb,
Il s'avisa de lui prescrire

Deux grosses tranches de jambon.
Avec ce remède insolite,
Il pouvait tuer le vieillard ;
Mais le bonhomme ressuscite.
On en fit grand honneur au lard,
Et notre ignorant émérite
Passa pour un docteur plein d'art.
C'est ainsi qu'on donne au mérite
Ce qui n'est très-souvent que l'effet du hasard.

LE GORILLE ET LE CHIMPANZÉ

—

Rarement le destin est contraire aux sauteurs ;
Bien des gens parvenus en savent quelque chose.
Pourtant à ce métier fertile en amateurs,
        Tout n'est pas rose.
Un gorille exerçant cet honorable état,
(Il visait, m'a-t-on dit, à quelque préfecture)
      Un jour d'un arbre culbuta,
Et, dans sa chute, au pied se fit une fracture.
Aussitôt à son aide accourt un chimpanzé :
« Compère, lui dit-il, nous sommes donc blessé ?
Çà, voyons, du courage ; il faut agir en homme.
Sans doute, on souffre un peu ; mais ce n'est rien en somme.
Bien d'autres...— Eh pardieu ! lui répond l'impotent,
    Si la douleur vous poignait à ma place,

Allez, tout comme moi vous feriez la grimace,
　　Et ne disserteriez pas tant.
Au surplus, pas n'était besoin de mon entorse
Pour ne point ignorer, bien avant aujourd'hui,
　　　Qu'on a toujours assez de force
　　　Pour supporter les maux d'autrui. »

LE LAPIN ET LES CONSEILLEURS

—

Janot-lapin, un beau dimanche
Prenait le frais en tapinois ;
Le corps propret, la patte blanche,
Il trottinait à travers bois.
Arrivé sous un chêne énorme,
Notre coureur s'y reposa ;
Puis se nettoya pour la forme ;
Puis à brouter se disposa.
Lors avisant une guirlande
De trèfle vert tout frais coupé,
Il y porte une dent gourmande
Qui n'attendait qu'un bon soupé.
Mais, las ! un engin redoutable
Se cachant sous le triolet,
A peine il se fut mis à table,
Le voilà pris en un filet.
Aussitôt il se désespère,

Si bien qu'une perdrix accourt :
« Juste ciel! qu'avez-vous, compère?
Lui dit la belle, après bonjour!
— J'ai... mais, parbleu! je m'imagine
Qu'on le voit assez, Dieu merci!
Faites-moi le plaisir, voisine,
De m'aider à sortir d'ici.
— Ma foi, répond la bartavelle,
Si j'étais en un cas pareil...
— Très-bien! très-bien, mademoiselle,
Donnez-nous aide et non conseil.
— Ah! mes avis on les dédaigne!
En ce cas, restez englué.
Beau monsieur, cherchez qui vous plaigne;
J'ai l'honneur de vous saluer. »
La perdrix loin, une bécasse
Vient à son tour près du lapin :
« Eh! mon pauvre Janot-Bonasse,
Qui vous a mis dans ce pétrin?
— Aidez-moi. — Je ne puis, dit-elle,
M'arrêter; mais, faites ceci...
— Vous aussi des conseils, la belle!
Eh bien, au diable allez aussi. »
A la dame, un levraut succède;
D'autres encor viennent s'offrir.
Tous ont des conseils; mais de l'aide,
Aucun n'est pressé d'en fournir.
Soupirant après ses pénates,
A la fin notre ami Janot
Prend son courage à quatre pattes
Et se sort tout seul du panneau.
Depuis lors, à qui veut l'entendre,

Il est tout prêt à raconter
Ce que je viens de vous apprendre;
Mais il a bien soin d'ajouter :
« Vous vient-il une malencontre,
Aussitôt conseils de pleuvoir.
Demandez qu'un secours se montre,
C'est à qui vous dira bonsoir! »

LE MERLE ET LE BUISSON

—

Un merle vit de loin un buisson d'aubépine
Que le tiède printemps avait poudré de frais :
« Sapristi! se dit-il, l'arbuste a bonne mine!
   Quel joli nid je m'y ferais!
Allons choisir l'endroit où nous le pourrons mettre. »
Il part, vole au buisson, l'examine, y pénètre,
   Mais en ressort tout aussitôt :
   « La peste soit de ce rustaud!
S'écria-t-il lissant ses plumes en désordre;
Du diable si jamais je m'y laisse remordre!
A voir ce bel objet de fleurs si bien fourni,
On eût dit un amas de touffes cotonneuses
Arrangé tout exprès pour recevoir un nid,
Et ce n'est qu'un fagot de branches épineuses. »
Veut-on de ce récit tirer quelque leçon?
Ce sera fort aisé, l'analogie abonde.
   Ainsi, pourquoi dans ce buisson
Ne trouverait-on pas une image du monde?

LA GUENON ET SON PETIT

Tête basse, le dos en voûte,
Et près d'elle un petit sautant par les sentiers,
Une guenon était en route
Au milieu des détours d'un bois de cocotiers.
Les fleurs embaumaient l'air ; le soleil des tropiques
Impuissant à percer cet asile si frais,
A peine tamisait quelques rayons obliques
A travers un feuillage épais ;
Et sous cette ombre heureuse, insecte, oiseau, verdure,
Tout vivait, tout riait dans la belle nature.
Commère la guenon connaissait son chemin ;
Mais la pauvre maman aimait tant son gamin,
Qu'à regarder ses jeux tout entière occupée,
Elle ne vit que tard qu'elle s'était trompée :
« Allons, allons, petit ; donnez-moi votre main,
Dit-elle ; et promptement revenons en arrière
Vers la clairière
Où nous retrouverons notre trajet perdu.
— En arrière ! reprend le marmot éperdu.
Quoi ! me ferais-tu bien cette douleur sensible ?
Tu nous crois égarés ; ce n'est guère admissible ;
Vois ce sentier charmant ; je me tromperai fort
S'il ne nous conduit à bon port. »
La guenon fut assez peu sage
Pour écouter le babillage
Et le caprice du bambin.
Il était si gentil son petit chérubin !

11.

Mais, au soleil couchant, après mainte aventure,
    Jugez de leur mécompte amer !
Notre pauvre guenon et sa progéniture
    Débouchaient au bord de la mer.
    « Allons, j'en ai fait une belle !
Dit la sotte grondant son petit polisson.
Mais c'est un demi-mal si ton esprit rebelle
Peut de cet accident tirer quelque leçon.
Notre trajet ressemble au chemin de la vie ;
Tout sourit au début ; mais à la fin du jour,
En jetant un coup d'œil sur la route suivie,
On se voit fourvoyé sans espoir de retour. »

DIOGÈNE ET LE JEUNE GREC

    Un jeune Grec à Diogène
Confiait les chagrins que lui causait le sort :
« Voilà dix ans, dit-il, que je suis dans la gêne,
Et de tous mes projets nul ne vient à bon port ;
De grâce, enseignez-moi comment il faut m'y prendre
    Pour prospérer.
    Je n'ose plus rien entreprendre
Tant le guignon s'obstine à me contrecarrer.
— Je le veux bien, mon fils, répond le philosophe.
    Mais je crois qu'en un cas pareil
    Il convient, avant tout conseil, .

De voir si du succès tu possèdes l'étoffe.
Çà, voyons; parle-nous avec sincérité :
Sais-tu sous le talon mettre ta dignité?
— Non ; je suis très-sensible aux affronts qu'on m'inflige.
— Donc tu ne saurais pas flatter qui te fustige?
— Nullement. — C'est fâcheux; saurais-tu pas, du moins,
Renier tes amis tombés dans l'indigence?
— Non; car alors pour eux je redouble de soins.
— Tant pis ! c'est d'un cœur bon, mais sans intelligence.
Ainsi tu ne sais pas t'assouplir au puissant?
Pour le vice enrichi te montrer caressant?
Laisser dans le malheur tes amis solitaires?
Ni traiter d'idiots les nobles caractères?
En ce cas, mon ami, reste simple pointu ;
Nul n'arrive au succès avec tant de vertu.

LE DROMADAIRE ET LE CHAMEAU

—

Un dromadaire se moquait
D'un chameau de son voisinage;
Et ce qui surtout le choquait
C'est la bosse du personnage.
« Est-il possible, disait-il,
Qu'on vous ait affublé d'un pareil dos en cloche !
Lorsque le Créateur vous donna ce profil
Il avait, à coup sûr, les deux yeux dans sa poche.

Le chameau répondit : « Dans tous les cas, ces yeux
  Valaient au moins ceux du fat qui me crosse ;
Car lui qui sur mon dos me signale une bosse,
  Ne voit pas qu'il en porte deux. »

———

L'ENTOURAGE DU LION

—

    Certain lion peu scrupuleux
Aimait à s'entourer de fripons émérites ;
De tigres francs-vauriens, d'hyènes hypocrites
    Qui menaient un train scandaleux.
L'ours, le loup, le chacal ainsi que la panthère,
Voilà les gens tarés dont, à l'état normal,
    Se composait son ministère,
    Sans ombre d'honnête animal.
C'était pitié de voir ce tas d'insatiables
    Tondre, gruger et malmener
        Les pauvres diables
    Qu'ils étaient censés gouverner.
La bande allait ainsi, lorsque dame Antilope
Eut son faon dévoré par certain grand veneur
Qu'on nommait Léopard, doublé de Monseigneur,
Et, bien que courtisan, personnage interlope.
    La pauvre mère après son faon
    Soupirait fort, selon l'usage ;
    Criant à tout le voisinage :
    « Qui me rendra mon cher enfant ? »

Ensuite elle ajoutait : « Ah ! si notre bon père,
    Sire le roi (que Dieu garde prospère),
Savait ce que son gueux de veneur m'a fait là !...
Il viendrait sûrement y mettre le holà !
      Mais le malheur veut que les princes
      Ne soient jamais instruits de rien ;
On mange leurs sujets, on pille leurs provinces ;
Quant à les avertir, chacun s'en garde bien. »
A ces mots, un vieux cerf lui dit à la sourdine :
      « Ah çà, vous aussi, ma cousine,
      Vous aussi chantez le couplet :
      « Ah ! si notre bon roi savait ! »
Vous aussi vous bêlez la fameuse fadaise :
« Le prince est excellent, mais sa suite est mauvaise. »
Laissez donc aux benêts cet inepte refrain,
Et notez bien ceci, que chez le souverain,
      Comme chez la plus humble bête,
      L'entourage aux goûts correspond ;
      Honnête, quand on est honnête,
      Et fripon, quand on est fripon. »

LE MOINEAU ET LE CADRAN SOLAIRE

—

Un moineau franc perché sur un cadran solaire
      Examinait avec grand soin
      Ce diable d'objet angulaire
      Qui l'avait intrigué de loin.

« Çà, dit-il, Pierrot, pas de honte !
Voyons un peu, rendons-nous compte
De ce machin qu'on a mis là.
Que pourrait bien être cela ?
Tu n'es pas sans cervelle, et je me persuade
Que tu sauras trouver le mot de la charade ;
Cherche. » Mais il eut beau chercher ;
Son secret au cadran ne put être arraché.
Comme il s'évertuait à deviner l'usage.
De cet engin qu'alors le soleil éclairait,
Sur le cadran passe un nuage,
Et l'ombre de l'aiguille aussitôt disparaît.
« Tiens ! tiens ! mais j'ai trouvé la clef de ce problème !
Se dit Pierrot tout fier de sa sagacité.
Ceci m'a l'air d'être l'emblême
Des courtisans de la prospérité.
Tant que sur un ciel pur le soleil se détache,
Leur ombre s'aperçoit très-bien ;
Mais que l'astre un instant se cache,
Les amis, grand bonsoir ! plus rien. »

LES LAPINS ET LE RENARD

Quand les rats partent pour la guerre
Ils emportent leur tranche-lard ;
Les pauvres lapins, au contraire,
Sont mal lotis à cet égard.

Leur fort n'étant pas la vaillance,
Nos bons Jeannots craintifs et doux
N'ont pour l'attaque et la défense
Que de modestes coupe-choux.
Encor, de mémoire de lièvre,
N'ont-ils à personne ici-bas
Jamais donné la moindre fièvre,
Tant ils ont horreur des combats !
Donc il advint à ce peuple timide
Qu'un vieux renard lapinicide,
Pour eux formidable guerrier,
S'en vint assiéger leur terrier.
Nul n'osait plus sortir ; on faisait triste mine
Dans le désolé souterrain.
Plus d'herbette au logis, car déjà la famine
Leur avait enlevé jusqu'à leur dernier brin,
Lorsqu'un d'eux s'écria d'une voix décidée :
« Pour chasser ce vilain renard
Il nous faudrait un chien. — Un chien ? fameuse idée !
Cherchons bien vite un chien, » dit-on de toute part.
Mais où prendre ce chien ? tel était le problème
Qu'on avait à résoudre en ce péril extrême.
Où le prendre ? « Parbleu ! comptons-nous tout d'abord,
Répond un lapin gros et fort :   rante !]
Cent, deux cents, quatre cents, cinq cents, six cent qua-
Eh bon Dieu ! nous voilà dix fois plus qu'il ne faut
Pour être à ce renard un objet d'épouvante ;
Car quinze ou vingt lapins valent bien un Brifaut ! »
De ces héros de gibelotte
On voit combien la peur dérangeait la jugeotte.
Car notez qu'ils savaient très-bien
Qu'avec six cents lapins on ne fait pas un chien.

Pourtant on a vu dans l'histoire
Des empereurs romains investir d'un mandat
Quelques cents de valets, et pieusement croire
Que cela faisait un sénat.

———

L'OURS ET LE LION

—

« Sire, maître Renard vous a fort mal traité, »
Dit, un jour, au lion un ours atrabilaire.
— Ah ! le maraud s'attaque à Notre Majesté !
    Voyons, sans peur de nous déplaire,
Raconte-nous un peu les propos du faquin.
    — Sire, il a parlé de coquin...
    — Après ? — Mais je crois qu'il résulte
De ce mot-là pour vous une assez grave insulte.
Que vous faut-il de plus ? — Une insulte pour moi !
    Çà, mon lourdaud, tu plaisantes, je pense.
Va, rends grâces aux dieux que je sois un bon roi ;
    Car, sans cela, ton insolence
    Eût trouvé prompte récompense.
Comment ! maître Renard d'un coquin a parlé,
Et voilà qu'aussitôt, délateur malhabile,
    Tu t'imagines, dans ta bile,
Que c'est moi que l'on a de la sorte appelé !
Ecoute ; cette fois, l'affront je le dévore ;
    Mais si cela t'arrive encore,
Pour punir les écarts de ta langue d'aspic,
Je te nomme à l'instant accusateur public.

LA GIROUETTE ET LE PIGEON

—

En princesse éventée, au sommet d'un donjon,
Trônait, le nez au vent, certaine girouette,
      Tandis que près d'elle un pigeon
Sur l'ardoise du toit terminait sa toilette.
La dame à ce moment du côté de l'oiseau
      Dirigeant son double museau,
      On put jaser tout à son aise
Des zéphyrs, du soleil, de la saison mauvaise,
Et je crois, sans pourtant vous garantir ceci,
      Qu'on parla politique aussi.
Depuis quelques instants on causait de la sorte,
Lorsqu'il vint à souffler une bise assez forte ;
Girouette aussitôt de brusquement tourner,
      Et mon pigeon de s'étonner,
      Pensant qu'on lui faisait la mine.
      « Vous pourriez bien, je m'imagine,
Ne pas virer, dit-il, pendant que nous causons ;
Ou bien me faire au moins connaître vos raisons.
— Moi virer ! répond l'autre ; à Dieu jamais ne plaise !
Si j'eusse aimé virer je l'aurais pu souvent.
Mais voilà comme on juge ! on me connaît française,
Donc c'est moi qui varie alors que c'est le vent.
      — Ma foi, dit le pigeon, la belle,
      Votre parole me rappelle
Ce qu'un certain ventru disait dans un palais
Sous les voûtes duquel un jour je roncoulais.

Comme on lui reprochait son attitude étrange,
Vu qu'il changeait d'avis sans honte à tout moment :
« Jamais, répliqua-t-il ; s'il est quelqu'un qui change,
Pour sûr, ce n'est pas moi ; c'est le gouvernement.

LES AIGLES ET LES REPTILES

—

Sur de certains rochers, à l'accès difficile,
   Ne sont logés que l'aigle et le reptile.
Seuls dans ces régions ils peuvent s'établir.
     Quant aux moyens d'y parvenir,
Ils dénotent des gens de bien diverse trempe,
   Car l'aigle y vole et l'autre y rampe.

FIN

TABLE DES MATIÈRES

F. AUREAU. — IMP. DE LAGNY.

LA

PETITE GUERRE

PREMIERE PARTIE.

LE

SÉNATUS-CONSULTE

PAR

EDOUARD LOCKROY

Rédacteur au journal le RAPPEL.

PRIX : UN FRANC.

———◆◇◆———

DICTIONNAIRE

LITTÉRAIRE ET SCIENTIFIQUE

DE LA

GRÈCE ET DE ROME

ET

DU MOYEN-AGE

enrichi de tableaux synoptiques embrassant 2462 ans.

PAR

TARDIF DE MELLO

attaché au cabinet du roi Louis-Philippe;
auteur des *Peuples européens*, leur état social sous leurs
divers gouvernements; — de l'*Histoire intellectuelle
de Russie*; — etc., etc.

PRIX : 2 FRANCS LA LIVRAISON.

L'ouvrage complet forrmera dix livraisons.

L'HOMME QUI RIT

PAR

VICTOR HUGO

ÉDITION A. LACROIX, VERBOECKHOVEN ET Cie

Quatre beaux volumes in-8°, à 7 fr. 50

L'OUVRAGE COMPLET

PRIX : 30 FRANCS

—

DU MÊME AUTEUR

Les Misérables, 10 vol. in-8°,	60 fr.
Les Travailleurs de la mer. 3 vol. in-8°,	18 fr.
Les Chansons des rues et des bois. 1 vol. in-8°	7 fr. 50
William Shakespeare. 1 vol. in-8°,	7 fr. 50
Paris. 1 vol. in-8°	2 fr.

HISTOIRE

DE LA

RÈVOLUTION FRANÇAISE

PAR

J. MICHELET

Six beaux volumes in-8°, à **5** francs.

L'OUVRAGE COMPLET

PRIX : 30 FRANCS

HISTOIRE

DE FRANCE

PAR

J. MICHELET

NOUVELLE ÉDITION

Quatorze volumes in-8°, à **5** francs.

L'OUVRAGE COMPLET

PRIX : 70 FRANCS

LA

MONTAGNE

PAR

J. MICHELET

Un beau volume grand in-18 jésus

PRIX : 3 fr. 50

———

DU MÊME AUTEUR

La Sorcière. 1 vol. grand in-18 jésus   3 fr. 50
La Bible de l'humanité. 1 vol. in-18 jésus,   3 fr. 50

HISTOIRE

DE LA

RÉVOLUTION FRANÇAISE

PAR

LOUIS BLANC

Nouvelle édition in-8° en 3 volumes

PRIX : 36 FRANCS

LE MÊME OUVRAGE

En 13 volumes in-18, à 3 francs 50 centimes.

PRIX : 45 fr. 50

DU MÊME AUTEUR

Hist. de la Révolution de 1848. 2 v. g. in-18 jésus,   7 fr.

12.

LETTRES

SUR

L'ANGLETERRE

PAR

LOUIS BLANC

Quatre volumes in-8°, à **6** francs.

———

L'OUVRAGE COMPLET, PRIX : 24 FRANCS

1re série : 2 vol. in-8°, 12 francs.
2e — 2 — 12 —

———

DU MÊME AUTEUR

L'État et la Commune. 1 vol. in-8°, I fr.

LETTRES

D'UN

LIBRE-PENSEUR

A UN CURE DE VILLAGE

PAR

LÉON RICHER

Rédacteur à l'*Opinion nationale.*

2ᵉ SÉRIE

Un vol. in-18. — Prix : 3 francs.

~~~

DU MEME AUTEUR

2ᵉ SÉRIE

DES LETTRES D'UN LIBRE-PENSEUR A UN CURÉ DE VILLAGE

PRIX : 3 FRANCS

~~~

TROISIÈME ÉDITION

DE

L'ALMANACH

· DU

RAPPEL

PAR

Victor HUGO, GARIBALDI, BARBÈS,
MICHELET, Louis BLANC, Félix PYAT, V. SCHŒLCHER,
Edgard QUINET, George SAND.
Charles HUGO, François-Victor HUGO,
Paul MEURICE, Henri ROCHEFORT
et Auguste VACQUERIE.

ANNÉE 1870

PRIX : 60 CENTIMES

L'Almanach du Rappel est en vente à la Grande-Librairie 52, rue Lafayette, et à la Librairie internationale, 15, boulevard Montmartre.

BIOGRAPHIE COMPLÈTE

DE

HENRI ROCHEFORT

PAR

UN AMI DE DIX ANS

NOUVELLE ÉDITION

AVEC PORTRAIT ET AUTOGRAPHE

PRIX : 50 CENTIMES

LE PROSCRIT ET LA FRANCE

BROCHURE POLITIQUE

PAR

FÉLIX PYAT

ILLUSTRÉE DU PORTRAIT DE L'AUTEUR

PRIX : 40 CENTIMES

PAMPHLETS ANTI-CLÉRICAUX

PAR

LÉON RICHER
Rédacteur à l'*Opinion nationale.*

LE TOCSIN

PRIX : 40 CENTIMES

ALERTE !

PRIX : 40 CENTIMES

PROPOS D'UN MÉCRÉANT

PRIX : 40 CENTIMES

JUNIUS BRUTUS

ou

ROME ANCIENNE

DRAME HISTORIQUE-HEROIQUE EN VERS, DIVISE EN
TROIS EPOQUES ET DIX TABLEAUX.

PRIX : UN FRANC

LES INASSERMENTÉS

ET LES

DISCOURS DE FÉLIX PYAT

PAR LUI-MÊME

BROCHURE POLITIQUE, ILLUSTRÉE DU PORTRAIT DE L'AUTEUR

PRIX : 40 CENTIMES

DICTIONNAIRE PRATIQUE

DE

GÉOGRAPHIE

DE LA

FRANCE, L'ALGÉRIE ET LES COLONIES

CONTENANT

Les Communes, Cantons, Arrondissements,
et les Départements avec l'indication des Bureaux de poste,
Télégraphes et les Stations de chemins de fer
indiqués par des signes spéciaux, etc.

PAR

J. GUIRAUDET

AUTEUR

DU DICTIONNAIRE GÉOGRAPHIQUE UNIVERSEL

—

Prix : 5 francs

BIOGRAPHIE-CARTE-VÉMAR

La **Biographie-Carte-Vémar** est une jolie photographie format **Carte-Album** au dos de laquelle se trouve la **Biographie** complète de la personne qu'elle représente. Toutes les célébrités du *Journalisme,* du *Théâtre,* des *Arts* et des *Lettres,* trouveront place dans la *Biographie-Carte-Vémar.*

ONT DÉJA PARU :

H. ROCHEFORT — FÉLIX PYAT — VICTOR HUGO

SON PRIX EST DE **50** CENTIMES

En vente à la *Librairie Panis* et à la *Librairie Internationale,* 15, *boulevard Montmartre.*

SOUS PRESSE :

LES DÉPUTÉS DE LA SEINE

F. AUREAU. — IMPRIMERIE DE LAGNY